Some Slips Don't Show

新編賈氏妙探

之17 見不得人的隱私

賈德諾 Erle Stanley Gardner 著 周辛南 譯

目錄
Contents

Some Slips Don't Show

出版序言

關於「妙探奇案系列」

當代美國偵探小說的大師，毫無疑問，應屬以「梅森探案」系列轟動了世界文壇的賈德諾（E. Stanley Gardner）最具代表性。但事實上，「梅森探案」並不是賈氏最引以為傲的作品，因為賈氏本人曾一再強調：「妙探奇案系列」才是他以神來之筆創作的偵探小說巔峰成果。「妙探奇案系列」中的男女主角賴唐諾與柯白莎，委實是妙不可言的人物，極具趣味感、現代感與人性色彩；而每一本故事又都高潮迭起，絲絲入扣，讓人讀來愛不忍釋，堪稱是別開生面的偵探傑作。

任何人只要讀了「妙探奇案」系列其中的一本，無不急於想要找其他各本，以求得窺全貌。這不僅因為作者在每一本中都有出神入化的情節推演，而且也因為書中主角賴唐諾與柯白莎是如此可愛的人物，使人無法不把他們當作知心的、親近的朋友。「梅森探案」共有八十五部，篇幅浩繁，忙碌的現代讀者未必有暇遍覽全集。而「妙探奇案系列」共為廿九部，再加一部偵探創作，恰可構成一個完整而又連貫的「小全集」。每一部故事獨立，佈局迥異；但人物性格卻鮮明生動，層層發展，是最適合現代讀者品味的一個偵探系列。雖然，由於賈氏作品的背景係二次大戰後的美國，與當今年代已略有時間差異；但透過這一系列，讀者仍將猶如置身美國社會，飽覽美國的風土人情。

本社這次推出的「妙探奇案系列」，是依照撰寫的順序，有計劃的將賈氏廿九本作品全部出版，並加入一部偵探創作，目的在展示本系列的完整性與發展性。全系列包括：

①來勢洶洶 ②險中取勝 ③黃金的秘密 ④拉斯維加，錢來了 ⑤一翻兩瞪眼 ⑥變！失踪的女人 ⑦變色的色誘 ⑧黑夜中的貓群 ⑨約會的老地方 ⑩鑽石的殺機 ⑪給她點毒藥吃 ⑫都是勾搭惹的禍 ⑬億萬富翁的歧途 ⑭女人等不及了 ⑮曲線美與痴情郎 ⑯欺人太甚 ⑰見不得人的隱私 ⑱探險家的嬌妻 ⑲富貴險中求

⑳女人豈是好惹的 ㉑寂寞的單身漢 ㉒躲在暗處的女人 ㉓財色之間 ㉔女秘書的秘密 ㉕老千計，狀元才 ㉖金屋藏嬌的煩惱 ㉗迷人的寡婦 ㉘巨款的誘惑 ㉙逼出來的真相 ㉚最後一張牌。

本系列作品的譯者周辛南為國內知名的醫師，業餘興趣是閱讀與蒐集各國文壇上高水準的偵探作品，對賈德諾的著作尤其鑽研深入，推崇備至。他的譯文生動活潑，俏皮切景，使人讀來猶如親歷其境，忍俊不禁，一掃既往偵探小說給人的冗長、沉悶之感。因此，名著名譯，交互輝映，給讀者帶來莫大的喜悅！

譯序

美國有史以來最好的偵探小說

周辛南

賈氏「妙探奇案系列」，（Bertha Cool—Donald Lanm Mystery）第一部《來勢洶洶》在美國出版的時候，作者用的筆名是「費爾」（A. A. Fair）。幾個月之後，引起了美國律師界、司法界極大的震動。因為作者大膽的在小說裡寫出了一個方法，顯示美國人在現行的美國法律下，可以在謀殺一個人之後，利用法律上的漏洞，使司法人員對他無計可施，只好讓他逍遙法外。

於是「妙探奇案系列」轟動了美國的出版界、讀書界和法律界，到處有人打聽這個「費爾」究竟是何方神聖？

作者終於曝光了，原來「費爾」就是名作家賈德諾的另一個筆名。史丹利・賈德諾（Erle Stanley Gardner）是美國當代最著名的作家之一。他本身是法學院畢業的律師，早期執業於舊金山，曾立志為在美國的少數民族作法律辯護，包括較早期的中國移民在內。律師生涯平淡無奇，倒是發表了幾篇以法律為背景的偵探短篇頗受歡迎。於是改寫長篇偵探推理小說，創造了一個五、六十年來全國家喻戶曉，全世界一半以上國家有譯本的主角——梅森律師。

由於「梅森探案」的成功，賈德諾索性放棄律師工作，專心寫作，終於成為美國有史以來第一個最出名的偵探推理作家，著作等身，已出版的一百多部小說，估計售出七億多冊，為他自己帶來巨大的財富，也給全世界喜好偵探、推理的讀者帶來無限樂趣。

賈德諾與英國最著名的偵探推理作家阿嘉沙．克莉絲蒂是同時代人物，都活到七十多歲，都是學有專長，一般常識非常豐富的專業偵探推理小說家。

賈德諾因為本身是律師，精通法律。當辯護律師的幾年又使他對法庭技巧嫻熟，所以除了早期的短篇小說外，他的長篇小說分為三個系列：

一、以律師派瑞．梅森為主角的「梅森探案」；

二、以地方檢察官Doug Selby為主角的「DA系列」；

三、以私家偵探柯白莎和賴唐諾為主角的「妙探奇案系列」；

以上三個系列中以地方檢察官為主角的共有九部。以私家偵探為主角的有二十九部，梅森探案有八十五部，其中三部為短篇。

梅森律師對美國人影響很大，有如當年英國的福爾摩斯。「梅森探案」的電視影集，台灣曾上過晚間電視節目，由「輪椅神探」同一主角演派瑞．梅森。

研究賈德諾著作過程中，任何人都會覺得應該先介紹他的「妙探奇案系列」。讀者只要看上其中一本，無不急於找第二本來看，書中的主角是如此的活躍於紙上，印在每個讀者的心裡。每一部都是作者精心的佈局，根本不用科學儀器、秘密武器，但緊張處令人透不過氣來，全靠主角賴唐諾出奇好頭腦的推理能力，層層分析。而且，這個系列不像某些懸疑小說，線索很多，疑犯很多，讀者早已知道最不可能的人才是壞人，以致看到最後一章時，反而沒有興趣去看他長篇的解釋了。

美國書評家說：「賈德諾所創造的妙探奇案系列，是美國有史以來最好的偵探小說。單就一件事就十分難得——柯白莎和賴唐諾真是絕配！」

他們絕不是俊男美女配：

柯白莎：女，六十餘歲，一百六十五磅，依賴唐諾形容她像一捆用來做籬笆，帶刺的鐵絲網。

賴唐諾：不像想像中私家偵探體型，柯白莎說他掉在水裡撈起來，連衣服帶水不到一百三十磅。洛杉磯總局兇殺組宓警官叫他小不點。柯白莎叫法不同，她常說：「這小雜種沒有別的，他可真有頭腦。」

他們絕不是紳士淑女配：

柯白莎一點沒有淑女樣，她不講究衣著，講究舒服。她不在乎別人怎麼說，我行我素，也不在乎體重，不能不吃。她說話的時候離開淑女更遠，奇怪的詞彙層出不窮，會令淑女嚇一跳。她經常的口頭禪是：「她奶奶的。」

賴唐諾是法學院畢業，不務正業做私家偵探。靠精通法律常識，老在法律邊緣薄冰上溜來溜去。溜得合夥人怕怕，警察恨恨。他的優點是從不說謊，對當事人永遠忠心。

他們也不是志同道合的配合，白莎一直對賴唐諾恨得牙癢癢的。

他們很多地方看法是完全相反的，例如對經濟金錢的看法，對女人——尤其美女的看法，對女秘書的看法……

但是他們還是絕配！

賈氏「妙探奇案系列」，為筆者在美多年收集，並窮三年時間全部譯出，全套共三十冊，希望能讓喜歡推理小說的讀者看個過癮。

第一章　千萬不能曝光

大個子柯白莎用她帶了鑽戒、強有力的手，轉動著我這間私人辦公室的門球，推開了房間門，自己把一百六十五磅重的身軀邁進室來，眼中帶著些怒氣。

我和我私人秘書卜愛茜正在討論本市已歷時一月未破的勞氏綁架案。這件案子對破案人有十萬元的獎金。我向白莎看上一眼，對愛茜說：「等下再繼續吧。」

白莎站在那裡，兩隻手放在屁股上，等愛茜離開我辦公室，她說：「唐諾，我受不了那種男人！」

「哪種男人？」

「哭兮兮，做了事情要後悔，苦瓜臉的男人。」
「受不了不受就是。」
「不受不行。我辦公室裡就來了一個。」
「你受不了他？」
「受不了。」
「趕他出去就得了。」
「不行呀！」
「為什麼不行？」
「他有錢啊！」
「他想要什麼？」
「想要雇一個好偵探，還會有別的什麼？」
「你要我怎麼辦？」
「唐諾。」白莎用她對付客戶的甜言蜜語向我言道：「我要你去和他談一談。你懂得處理這一類事情。你好像從每種人身上都可以懂得一些人生大道理。白莎不行。白莎喜歡就是喜歡。不喜歡，理都懶得理。」

「那個人有什麼叫你不喜歡的，白莎？」

「統統不喜歡！在他到汽車旅館去和金髮碧眼的女郎鬼混的時候，為什麼不想到他太太、孩子呢？又為什麼等了兩個星期才想到找我們求助呢？」

「他到底有多少錢？」

「我告訴他，先要付五百元訂金。我以為這可以把他嚇跑了。假如真把他嚇跑了，我會後悔整整一天，但是……」

「但是他怎麼樣？」

「他拿出皮包，數出五張百元大鈔。現鈔呀，唐諾！那玩意兒現在還在我桌上！」

「不用支票？」

「不用支票。他不想在帳簿上有我們的名字。」

我把椅子推後。「帶我去見他。」

白莎露出笑容。「我知道我可以信任得過你的，唐諾。你真體貼。」

白莎大步邁過卜愛茜的辦公室，邁過接待室，來到她自己的辦公室。

坐在白莎辦公桌一角前那張客戶用皮椅的男人，在我們進去時緊張地跳著站立起來。

「費先生，」白莎道：「這位是賴唐諾先生，我的合夥人。對這件案子，我認為有個男人說話站在男人的立場會好一些。」

費先生紅的鐵鏽色頭髮，淺紅眉毛，淡藍眼珠，看樣子隨時會大哭出聲。

他和我握手道：「賴先生，謝謝。」

他真的是白莎所說的苦瓜臉，一生似乎沒有快樂過。

我向鋪在白莎辦公桌上的五百元現鈔看一眼。

白莎支撐著椅子把手，坐進她會吱咯作響的迴轉椅，輕輕地吐出一口氣。她看看費先生，看看我，好像在解釋自此之後她和這件事已經沒有關聯，伸手一抓把五張大鈔抓在手中，打開抽屜，把鈔票拋進去，關上抽屜。

費先生說：「我的困難，大部份都已經和柯女士討論過了。」

「再說一遍，這次你對唐諾來說。」白莎道。

費先生長長嘆了一口氣。不知該自何說起。

「他的名字叫費巴侖。」白莎像媽媽在對別人敘述她自己孩子似地說：「他做地產生意。他已婚，有個孩子十八個月大。他兩週前去舊金山開會。其他由他自己來對你說。」

「我所做過的事難於啟齒。」費巴侖說。一面把手指關節兩手互壓，壓得啪嗒啪嗒地響。

「這樣壓手指不好，」白莎道：「關節會大的。」

「我一緊張就有這習慣。」他說。

「改啊！」白莎大聲說。

「你在舊金山做了些什麼？」我問。

「我……我喝醉了酒。」

「之後呢？」

「我不知道。」

「這對案情有利。」我說了一句反話。

「我……我顯然在不是我自己的房間裡住了一夜。」

「睡在什麼人房間裡？」

「顯然是一位年輕女士叫苗露薏的房間裡。」

「什麼地方見到這位女士的？」

「她是不少能使會議活潑起來女郎中的一個。」

「什麼樣的會議？」

「船，帆船。」

「你為什麼參加？」

「我投資一家工廠造玻璃纖維的船殼。它的設計很新鮮，馬達完全在船體之外。我們有各種尺寸，但專攻十四呎長那一型。

「你也許不知道，賴先生，但這種船殼最近風靡全國，我只投資了一年半，正好這一年半中，全美國對這玩意兒熱潮突起——反正這種東西現在供不應求。」

「所以你以經營者身分參加這盛會？」

「以這公司董事長身分。」

「對不起。」

「沒關係。」他又弄響他的指節。

白莎皺眉道：「你又來了。」

我趕緊道：「苗露薏是一個派對女郎？」

「可以如此說……大概這種女人有一打左右，我不知道什麼人從什麼地方弄來的。……要明白，那是會後，我們都集中在一個房間裡。這房間由一位船體外馬達製造商租用。他用電影示範這種馬達實際操作的情況。這是一種新馬達，自然要爭取我們這種船體製造商客戶。」

「馬達有名字嗎？」

「京生一號。康京生是這公司的董事長。他是一個能手。京生一號馬力足。他電影中有滑水、船賽……等等。當然，其中穿比基尼的女郎都是豐滿動人。房間裡有不少女人，有的女人顯然在電影中露過臉，露過身材，其中不少——非常親熱。」

「看來這姓康的有意叫你這個客戶高興一下?」我問。

「正是如此。」

「分配給你的是苗露薏?」

「她替我倒了幾次酒。我們喝的只是配好在那裡的水果混合酒,看起來不會很烈的。」

「沒有香檳?」

「有,那是後來的。」

「也喝了幾杯?」

「是的。」

「也是苗露薏給你倒的?」

「是。」

「多少杯?」

「抱歉,我記不清了。賴先生,她很活躍,很靈活的。」

「出了什麼事?」

「這……」他伸手入上裝的內口袋，拿出一個信封，遞過來給我。信寄自舊金山，收件人是費巴侖，費氏投資公司董事長，下面也有完整的街號地址。

「我可以看這封信嗎？」我問。

費巴侖點點頭。

我把信紙取出來。是一封簡短的打字信函。內容如下：

先生：

像你這種男人活該下地獄，因為你是今日文明社會的垃圾。

要不是天下有你這種男人，苗露薏會是一個努力工作的好女孩子。她天性好動是事實。她天真、友善。她喜歡交朋友，又享受別人給她的友愛。就是因為有了你這種男人，使她思想污染，對道德看法改變。所以你是女人的魔鬼。你並不關心她們，你只是一時歡樂。我想你是有太太的。我會盡力找出這答案來。

你會再收到我通知的！

賈道德

我把信遞給白莎。

「我看過了。」她說。一面把手揮了兩下。

費巴侖道：「可怕，可怕極了。我又怎樣向娜娃解釋呢？」

「娜娃是你太太？」我問。

他傷心地點點頭。「這件事使我全部垮蛋啦。賴。」

「那賈道德是什麼人？」

「我不知道。從來沒有聽到過。」

「好吧，」我說：「你和苗露薏很友好。到底有多麼友好？」

「我說過我不知道。我喝了很多酒。我昏過去了。」

「你在她房間裡？」

「我反正在什麼女人房間裡。可能是她的。」

「說清楚一點。」

「最後我能記得的是我口渴得厲害。我喉嚨乾得發癢，而香檳可以使喉嚨冷冷的好受一些。一隻軟軟的手按在我額頭上，我就昏了過去。我想起可能我吐過。醒來已是早晨。我在一個公寓裡，睡在長沙發上，外衣都已經除去，身上蓋著條毛毯。鄰室是個臥房，臥房門開著。」

「你怎麼辦？」

「我站起來四下看一下。我頭腦跳著痛得厲害。我看向鄰室，想找點水喝。看到有一個人睡在床上。」

「是苗露薏？」

「我不知道。我只知道她是金髮的，她背對著我……我不想打擾她。」

「你怎麼辦？」

「我的衣服都在椅背上。我穿好衣服走出公寓。我發現我從來沒有來過這公寓。連電梯在什麼地方都必須臨時找。我記得我在三樓。我下樓上街找計程車。一時附近沒有計程車。當時有人見我一定會很刺眼，好在我找到一條大街，有輛計程車開過來。我都不必向他招手，駕駛看到我的樣子，自動把車停下來。我告訴他我所住旅社的名字，他把我帶到旅社。」

「有人看到你離開公寓嗎？」我問。

「就是啊！真不幸，有人看到了。」

「什麼人？」

「不知道。一個男人自走道過來……看來他是認得住在那間房裡的女孩的，因為他看我開門自房間出來，他停下來好好看了我一下。」

「他說了什麼沒有？」

「沒有。」

「男人多大年紀？」

「大概三十二歲左右。當時也沒有太在意。」

「個子如何？」

「不大不小，中個子。」

我說：「你一定把你辦公用的卡片給了一張給苗露薏了。」

「我不知道，你為什麼會有這種概念呢？」

「信上地址，」我說：「一定是他見到卡片上地址和你名字了。你什麼時候收到信的？」

「昨天下午。」

「開會什麼時候？」

「兩個禮拜之前。」

「好吧，」我說：「顯然他從你給苗露薏的卡片上得知你的地址。他看你自公寓房間出來。他既然已經在十天之前就知道你是什麼人，為什麼要等那麼久呢？」

「我怎麼知道？」費說。

「我知道，」我告訴他：「他在觀察你。他在查你到底經濟上怎麼樣。他們要決定怎麼樣咬你一口。」

「他們？」他問。

「當然，」我說：「他和苗露薏是一起的。」

「喔，不可能！我可以確定不是他們！露薏是一個極端好的女孩子。這也是為什麼我對整個事件感到非常窩囊的原因之一。」

「窩囊什麼？」

「我確定露薏是真對我有意的。我……她真的很可愛。我沒有告訴她我是結過婚的男人。」

「你有沒有告訴她，你沒有結過婚？」

「我……」他在坐椅中不安地扭曲著身子，最後含糊地說：「賴先生，我告訴你，我記不清所有發生過的事了。」

「好吧，」我說：「現在有兩個辦法，你可以自己選擇。一是付他們錢，一是作戰到底。假如你付錢，在過了一段時間之後，他們會再咬你第二口、第三口。你愈怕，他們咬得愈凶，而且你要小心，事情最後還是要穿幫的。你準備如何應付？」

「兩個辦法我都不想做。我不想付錢，也不想……喔！我真希望沒有去過舊金山！我……我不知我怎麼會喝那麼多酒。我……」

「別提了！」我告訴他：「過去的已經成為事實了，你不能叫時光倒轉，重新來過。現在，你是已經結過婚的，告訴我一些有關你太太的事。」

「娜娃是全世界最好的女人。」

「不在乎？是不是能原諒你那一型的？」我問。

「她太好了！」

「好吧！」我說：「你跑回家去，把發生的一切向她坦白。告訴她，你唯一做錯的是讓一個小妞把你用香檳灌醉了，而你現在遭到仙人跳，被人敲詐了。這樣你不是省了五百元了嗎？」

柯白莎向我怒視著。

費巴侖猶豫著。

「你到底怎麼樣啦？」我不耐地問他。

「你不瞭解娜娃。」他說：「娜娃太好了，她體諒，她同情。她是世界上最好的女人，認識她的人都如此說。但是，她絕對不會原諒我對她不貞。」

「沒有什麼不貞啊！」我說。

他不說話。

「有嗎？」我問。

「因為我記不起發生的一切。我的信心就影響我的說服力。賴先生，我想你是未婚的？」

「說對了。」

「應該如此。」

「這件事給你太太知道了，會有什麼後果？」

「她會……帶了孩子拋下我出走。」

「孩子多大了？」我問。

「十八個月。」

「結婚多久了？」

「一年多一點點。」

「喔！你昏頭了，」我說：「再計算一下。」

「沒有，沒有。」他說：「這又是說不清的另外一個故事。這孩子是娜娃同父異母妹妹的孩子，娜娃領養來的。她最愛幫人忙了。她同父異母的妹妹在那孩子出生前，丈夫就過世了。孩子出世後，她同父異母的妹妹知道自己活不久，就寫信給娜娃，要娜娃善後。當那同父異母妹妹過世後，娜娃去了一趟亞利桑那州，把她埋了，帶了孩子回來。」

「這都發生在你和娜娃結婚之前？」

「我們結婚兩個月之後。」

「好吧！」我說：「萬一最最不幸的事發生。萬一娜娃知道了。萬一娜娃要控告你離婚。財產如何分法？你們是分開財產的，還是夫婦共同財產？」

「我……我……我要問問律師。我所投資的都是我太太的財產，她付我月薪，我在利潤中收取固定百分比，但是資金本錢來自她同父異母妹妹。」

「她同父異母妹妹和妹夫有不少投資。其中一部份後來變成了德州的石油地。在那妹妹臨死的時候，油出來了。娜娃把這一切都換成現鈔。一起換了三萬元。她全部交給我，由我來做生意。我本來也有一些小生意，得到這筆資助，我的資金活多了。現在接近有二十五萬左右了。」

「稅後？」

「不，不過大部份的都是可以分現金的投資，我還有些鈾礦的投資，很不錯的。」

「你太太付你月薪多少？」

「月薪當然因為整個財產數字加多而增加了。我現在年薪一萬元，此外，有整個獲利的十分之一。」

「這十分之一什麼時候能到手？」

「這一點，我們尚未討論過。只說是獲利總數的十分之一。目前這些只是紙上的數字。」

我說：「為這件事，我一定要去舊金山。我要先他們一步。我尚不知道該採取什麼手段才能達到目的。我也許需要錢。我還需要警方的配合。」

「千萬不能曝光，千萬不能曝光！」他說：「記住！我不能有一點點曝光，一點點醜聞也不能露出來。娜娃千萬不能知道。」

我說：「這一切都要你花大錢，而我反而不能給你什麼保證。」

「多少錢？」他問。

我說：「要把事情安安靜靜解決，解決到你不再有麻煩，可能要花不少錢，有幾張嘴也許需要鈔票來塞住。」

「這個沒有關係，賴先生。沒有關係！我……我想你們兩個是否需要一起出差？對方是女人呀……柯太太你……」

白莎猛力地搖頭。她說：「千萬別小看這唐諾。他個子是小了一點，但是他全身是腦組織。再說，他時常千軍萬馬中一個人殺進殺出。要是你問什麼人能把你自水深火熱中救出來，只有他一個人能。這種事正如他所說，需要鈔票來擺平。」

「這一點，我早知道了。」

白莎看向我，全身在笑，她點點頭。「我來打收條給這位費先生。你去訂機票上舊金山吧。」

第二章 派對女郎

我在舊金山機動車協會工作的朋友接了我的長途電話，答允我在我到達舊金山前，他會把我要的資料查出來。

我自舊金山機場給他打電話，得知苗露薏有駕照，二十七歲，住在西利亞公寓。

西利亞公寓是典型的舊金山五層樓公寓，門廳非常小，門外有住戶名牌，各戶有按鈴、對講系統。

過了一下，上面開門，喀地一下門自動彈開一條縫，我推門進去。

顯然苗露薏是個十分開放的女人，她根本不問來訪的是什麼人。你按門鈴，她按鈕放你進來。

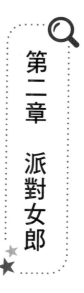

一個十五燭光的燈泡，搖晃不定地掛在新近才重新裝修成紅色金點的電梯裡。我按三樓的鈕，電梯的門慢慢閉上，梯箱搖搖晃晃開始上升。

在三樓上我走出電梯，找到三二九室，我按人工貝殼製的房門門鈴。

開門的女人一副無所謂的神色。她金髮，典型的舊金山女人膚色，大而直視的灰眼珠。她站在門口，從頭到腳看我一遍，又自腳向上看回我的臉，像在研究何處見到過我。

「我見過你嗎？」她微笑地問。兩個酒窩掛在兩頰之上。

「現在你見過我了。」我告訴她。

「看來你是走錯公寓了。不但公寓不對，房間也不對，腦筋更錯。」她說。但是她沒有把門關起來，臉上的酒窩仍在。

「能不能讓我進去，向你解釋一下，我為什麼來找你？」我問。

「不行。」她說。臉上仍在微笑。

「好吧！」我說：「我就站在這裡解釋給你聽。我的名字叫賴唐諾，我是費先生的朋友。你聽懂一點了嗎？」

「不懂。」

「費巴侖？」

她搖搖頭。

「你記不記得機動船開會會議，船外引擎……？」

「喔，想起來了。」她說：「你說他叫什麼名字來著？」

「姓費，費巴侖。」

她眼中露出回憶舊時情況的柔意。「費巴侖如何了？」

「你知不知道一位叫賈道德的人？」

「喔，老天！」她說。自己讓過一邊，把門開直。「請進，裡面來談。你說你叫什麼名字來著？」

「賴。」

「賴什麼？」

「賴唐諾。」

「好，唐諾，你進來。請坐，把要說的都說出來。」

公寓裡很安適。客廳中有一張長沙發，顯然這張沙發費巴侖曾經在這裡至少度過大半夜。有一扇半開的門定是通向臥室的。另有一扇半截的自動彈簧門，當然是通往小廚房的。客廳傢俱合用美觀，配合得很合適，在裝潢上稍稍過火了一點。整個套房洋溢著香水的芳香。

苗露薏在一張椅子上坐下，把腳交叉起來，露出很多大腿曲線。「唐諾。是不是道德在搞鬼？」

「想搞鬼。」

「我真不知道怎樣處理他才好。真想把他冬眠起來。」

我說：「費巴侖是有太太的。」

「等一下，等一下。我們先把大前題搞清楚了。你說的費巴侖，是不是紅頭髮，常把手指關節搞得啪嗒啪嗒響的那一個人？」

「正是他。」

她銀鈴似地笑起來。「想扮成一隻壞的大禿狼，他差得遠呢。他也不是那種人。」

「我想像得出，」我說：「他怎麼啦？」

「他已經喝了不少混有酒精的果汁，再把香檳當水喝。他沒這個酒量。」

「又如何？」

「他去洗手間。」

「之後呢？」

「你真要知道一切詳情嗎？」

「是的。」

「他吐了。」

「又怎樣？」

「我把他放在長沙發上他就睡過去了。」

「還有什麼特別的沒有？」

「你為什麼要問？」

「賈道德寫了一封信給他。」

「他寫了信給他？」

「沒錯。」我說：「我是個私家偵探，現在我來了。這是我的名片。」

她看著名片，她問：「柯氏是什麼人？」

「柯氏是柯白莎。」我說：「柯白莎很粗壯，是硬漢型，是個像黑寡婦一樣有致死力的牛頭狗，一百六十五磅的肌肉與骨頭。她粗壯得猶如一捆帶刺的鐵絲網。你會見到她的。」

「真是三生有幸！」露薏道。

「我的看法正相反，」我告訴她：「我弄不好的時候也很難看的。」

她仔細又看了我一下。「你能做什麼？在你臉上也許看得出你不笨。唐諾，我打賭見到你的女人都會激發母愛，想伸出一隻搖搖籃的手。你可能會翻臉，為的是這個原因。」

「我的私生活不是我來此討論的目的。」

「為什麼？你是來討論我的私生活的呀！」

「至少我的朋友不會寫信。」我說。

她大笑。隨即她生氣道：「我早該把這傢伙謀殺掉的。」

我說：「假如這是仙人跳，我保證你會變成全舊金山最倒楣的女人。你拿不到一分錢。你會吃不完兜著走，你還會留一個警方記錄。」

「別傻了，唐諾，這不是仙人跳。」

「那是什麼？」

「很難說得明白。」她說：「我相當的喜歡賈道德。他是個誠實，關心別人的人。他以為他在愛我。他有這概念很久了。」

「你對他如何？」

「有一段時間他使我厭倦得不得了。我在無聊時倒也喜歡他的喋喋不休。他不贊成我的生活方式，但是他愛我。」

「他幹什麼的？」

「他用腦子。」

「他靠什麼為生的？」

「他不愁收入。他有不少遺產。他整天亂想。」

「有多少錢？」

「真的不少錢。」

「花多少腦子想？」

「雖不多，但也絕不少。」

「他自以為活在世界上有什麼貢獻呢？」

「他想寫一本美國最有價值的小說。他也畫畫。他想做政治家。他想把已經腐敗了的全世界自低迷中振起。」

「你會不會感到他不易控制？」

她移動一下位置。眼中達觀地露出笑容。她說：「唐諾，每個男人都不會一直易於駕馭的。你既然很坦白，我也什麼都不保留。我混過，我喜歡歡樂的場面；我喜歡歡笑；我喜歡生活；我喜歡多變。現在，我又把一切看淡了，我很想弄一家女人家的服飾店。正好有一處要出售，道德想把它買下來給我經營，我可以先給他期票還他的本。唐諾，現在這個時候，假如你抬出你那形容得古里古怪的柯氏出來，想要對付我，我會給你看看我這隻兩隻腳的貓，會怎樣凶猛的鬥鬥那隻牛頭狗。」

「賈道德資助你開店，要什麼報酬呢？」我問。

「不知道。」她躊躇地說：「他還沒有提起過。」

「結婚？」我問。

「老天！不行！不能再結婚。」

「什麼叫再結婚？」

「我結過婚。沒有保持多久。」她把眼皮垂下。

「那麼那賈道德想要什麼呢？」我問。

「他要嘗試一下贊助別人的樂趣。他要保護我。我不要別人資助或保護。我一定要那家店，道德怕我會弄得一團糟。」

「所有男人都以為女人做事會弄得一團糟。」

她更正道：「所有男人都以為女人和他自己合作會做好事情，而女人和別的男人合作會弄得一團糟。」

「道德會對費巴侖不利嗎？」

「這傢伙要幹什麼，誰也控制不了他。」

「能把他的地址給我嗎？」

「不行，你和道德不能碰頭，我會盡一切阻止你們見面的。」

我說：「反正我一定找得到他的。」

「你沒見過他的面，當面也不見得認識。」

「不過我是這一行的專家。」

「這樣好了。」她說：「你對我不錯。我來打電話給他。他現在不願見客。」

「你認為該怎麼樣，你就怎辦好了。」

「你可不可以不再找他了？」

「不行，露薏，我是受雇的。我一定要找到他，我要當面和他談。只要他漏出一點消息，說費巴侖在舊金山有什麼花邊新聞，他就死定了。」

「你預備恐嚇他一下？」

「當然。」

「假如只是嚇他一下，我可以同意幫你忙。」

「他怎麼會知道費巴侖這件事的？」我問。

她有感地說道：「在前面三扇門，在同一走道三一六公寓，有一位姓裘的人。他的名字叫豪西，他的太太叫羅琳，好管閒事得很。羅琳是道德的親戚，她和道德自同一位親戚處得到遺產——祖父。這一對夫婦可惡得很，我真希望他們倆同時撞車死翹翹。」

「他們監視你？」

「裘豪西是賈道德的好友。」她說：「這裘豪西如果運氣好，本來可以有點出息。但他只要和羅琳在一起，就沒生路。豪西喜歡喝酒，羅琳供給他錢生活。豪西愛畫畫，他和道德走得很近。羅琳表面上對我好得要死，背後常中傷我。她沒見識，長舌婦，是個巫婆。任何事到她嘴裡再說出來就帶酸味。」

「費巴侖那天離開我公寓時，被裘豪西見到了。豪西自然忠心地向羅琳報告。羅琳加油添醋轉述給賈道德。賈道德火冒三丈，到我這裡來興師問罪。說我又回去做派對女郎了，說我墮落，說我像是妓女，說我不想變好。

「我叫他滾蛋。我不要他資助我的服飾店，我告訴他，我又沒有賣給他，我愛怎樣生活是我的事，我絕不受他控制。」

「後來怎麼樣？」

「我把他趕了出去。」

「此後如何？」

「他開始打聽。他找到一個當天也參加過會議的人，他問到我曾經奉令照顧費巴侖。」

「什麼人叫你照顧他？」

「康京生給我兩百五十元，叫我打扮得好一點，要使費巴侖賓至如歸。他這樣叫我照顧他，因為他有一個什麼京生一號，他想費巴侖的船加上他的馬達，一定很相配。」

「對我來說，我後悔為了兩百五十元去照顧那姓費的。不過我懷念這種生活，又急需這兩百五十元，就是如此而已。」

「最後，你還是把賈道德弄得心平氣和了？」

「根本沒有。」她說：「從我把他趕出去後，我沒有見過他面，我也不是肯軟下來的人。」

「你想如此方式他還會回來嗎？」

「他會回來的。」

「即使回來，他會不會再願意資助你的服飾店呢？」

「當然會，不過他得先向我道歉才行。」

「他知道了你是被雇用來做派對女郎的，還會向你道歉嗎？」

「什麼意思說我做派對女郎？」

「你不是用過這個名詞嗎？」

「我是受雇給他倒酒，使他酒不空杯，使他有自大感。」

「就算如此。你在為他倒酒不空杯之後又如何？」

「他有點暈陶陶後，我決心給他酒精度比混合水果酒高一點的香檳。因為我寧願他吐了，然後在我沙發上睡一晚，也不願意第二天去告訴康京生，我在他臉上摑了一巴掌。」

「你會摑他耳光？」

「你見過你的客戶嗎？」她問。

「當然。我見過費先生。」

「你是女人會怎麼樣？」她問：「肯睡在床上聽他把指關節弄得啪嗒啪嗒響嗎？」

我大笑。

「ＯＫ，」她說：「你對我很公平。我對你也不錯。扯平。」

「哪裡找得到賈道德？」我問。

「你去找呀，我不認為你有辦法找到他。我打賭你找不到他，我也不會讓你找到他。」

「你不知道他寫過一封信給費巴侖？」

「絕對不知道。」

「你會不會告訴他，你知道這件事了？」

「不一定。」

「怎麼說？」

「很多情況會改變我的決定。」

「你能不能告訴他，我來過這裡？」我說：「我說過，只要他再亂寫一封信給費先生或任何人，只要他對這件事有任何動作，他會遺憾終身，死了還不知如何死法。」

「你自己去對他說。」

「我見不到他，又如何可以自己對他說？」

「就是如此說呀！」

「既然你可以偷偷告訴他我來過，你當然可以代我轉告這話給他。」

「唐諾，」她說：「這絕對不是一個想得到資助開一個服飾店的好辦法，對嗎？現在，你假如肯做個好孩子，請你滾得遠遠的——不要再回來，讓我自己來補補破網，你要相信我，我做的工作，最後一定會對你的客戶有利的。」

「我這就走人。」我告訴她。

她送我到門口。

「再見了，」我說：「要做個好女孩子。」

她做個鬼臉：「這句話，你讓給道德來告訴我好了。這反正也是他的專長。不過我告訴你，我會很小心很小心，以後不再犯錯了。」

第三章　撒哈拉的太陽

我開始在賈道德身上下功夫。苗露薏已領先我一手。

找到賈道德的公寓，不是什麼難事。我到達之前一小時，他已經離開了。看公寓的說賈先生打電話進來，表示他有要事要離開幾天，要把他的信件收妥在安全的地方，不可以任意留在信箱裡。他有輛跑車，我問出了車子牌子、顏色和車號。

假如賈道德決心要躲起來，不讓我找到，想起來用一般的方法是找不到他了。這一點，露薏是說對了。

我開始在電話上下功夫。我找畫商、畫家俱樂部，我打電話給模特兒介紹所。我終於找到一位畫商說他認識裘豪西，他有受託銷售幾張裘豪西的畫。

我問了一些問題，最後我說，這不是我所要的姓裘的，把電話掛了。我來到那家畫廊，隨便晃晃看看。

這家畫廊主要銷售的都是現代派和立體派的畫，在我看來都是豈有此理的作品。我找到了一張寫明是裘豪西所畫的亂七八糟的「畫」。

畫的標題是「撒哈拉的太陽」，價格是五十七元。看起來畫的是一只荷包蛋，不過不小心掉到了地上。底色也很特別，像是褲子臀部的補丁。

我退後兩步再看看它。我把頭斜向一側又看了很久。又側向另一側花了點時間。我用右手食指和拇指圈成一個圈放在右眼上看，把左眼閉起來。我把手指圈成的圓圈向前移，向後移。

假如那畫商沒有看到我這些古怪動作，他一定是瞎子。

「喜歡這幅畫嗎？」他走過來道。

「這張畫有什麼揮之不去的地方。」我說。

「是嗎？」

「它很耀眼。」

「說對了。」

「我覺得畫框配得不合適。」

「不見得，我們配過各色各樣的框子，這個框子最使它突出。」

「也許各有各見。」我說：「我倒想看看這張畫如果配上一個鮮豔紫色的畫框，會有什麼效果。」

「紫色的畫框？我聽都沒有聽過！」

我說：「大自然本來就有微帶紫色的意味。當人的眼睛暴露在日光下過久，有點疲乏的時候，他看出來的東西就帶紫色，表示視神經自己在休息。這也是在豔陽高照的時候，為什麼陰影看起來如此的寧靜、安逸。這也是為什麼人們走出加州烈日，進入老式西班牙泥磚房時，覺到全身舒坦的原因。」

那傢伙不願向我提反對的意見。任何一位有經驗的商人都絕不會向可能的買主提反對意見，何況這賣品是要賣五十七元——什麼裘豪西的什麼鬼地方的太陽。我本來想再加一句，說我有證據證明月亮是瑞士起司造成的，而瑞士起司的坑洞都是隕石造成的，相信這傢伙也會點頭。不過這似過份了一點。

「看來你是真懂的，」他含糊地說。

「那還用說。」我說：「你試試像我一樣，用手指圈成一個圈，從圈子中你再看看這玩意——我是說這張畫。」

他試著照做。「是的，是的。」他說。說得很熱心，很小心。

「不同吧？」

「不同，」他同意。他怕我問他有什麼不同。

「用一個圓形的紫色畫框，」我說：「紫色在外，鑲金在內圈。」

「圓的畫框！」

「當然，」我很有信心地說：「我相信畫這幅畫的人也不會同意用長方型畫框的。整個畫的主題是圓的，圓的太陽，圓的橘色圈圈——有不對嗎？我一直在說給你聽。這也是為什麼要經過手指做的圈圈看，我以為你懂了。」

「懂，懂。」他快快地說：「我……我只是在想，技術上要做一個圓畫框相當困難。我當然懂你意思，做一個圓的紫色畫框使眼睛休息，那鑲金的內圈可襯托出耀眼的光輝。」

「正是呀！」我說：「我想對那畫家說這些話。」

「這個嘛！」他猶豫地說：「假使你想買這幅畫，我可以安排……」

「當然買！」我打斷他話說：「我當然不會打擾你那麼多時間，又要見那畫家，結果卻不想買這幅畫。這幅畫，我要當投資來買下來。終有一天，這位畫家會名噪一時的。」

我取出皮夾，把辦案經費一面打開，拿出三張二十元鈔票。

「什麼地方可以見到那畫家？」我問。

「我可以代辦約會他見面。」

「可以。要多久？」

「當然，我先要聯絡上他……」

「有電話嗎？」

「有。」

「為什麼不試一下？」我說：「就說有位雇主買了他的畫，想找他聊聊。

我甚至想請這位藝術家親自監製那圓畫框。當然畫作的四邊角要犧牲一點，但我要得到那畫家的同意。」

「不過你買了這張畫，這張畫就是你的，……先生你貴姓？」

「萬，姓萬。」我說：「萬唐諾。」

「畫是你的。你怎麼修改都可以。」

「對藝術作品不可以。」我說：「一個人可以出錢買下畫的所有權，可以擁有它，可以觀賞它，可以掛在家裡，但絕不可以在畫上塗鴉或破壞它，當然更不能切割或摺疊它。我要那畫家准許我如此做。」

畫商道：「我敢向你保證，假如我對畫這幅畫的裘豪西說，你花了五十七元買走了那幅撒哈拉的太陽，我可以告訴你，即使你把畫放進碎紙機，他也不會在意的。」

突然，他知道自己說過火了。他趕緊說：「哈！哈！這當然是在說笑話，你知道不是如此的。我這就去給裘先生打電話。」

這位畫商根本不給我聽到他們電話中的對白。他走進他私人辦公室，不到三分鐘就出來了，臉上佈滿了笑容。

「那裘豪西先生，」他說：「住在西利亞公寓的三一六號。他很感激你對他那幅畫的看法，他也很想見見你。他說他從現在起一小時半左右，都會在家裡。」

「好極了，」我一本正經地說：「請你把這畫包起來，給我一張收據，我要走了。」

「我們可以把畫送到……」

「不必了，謝謝你。我還有不少事要做。我要那畫家立即再見到這張畫。我可能要出城去。」

我把收據收起來，又把畫拿到。一輛計程車把我帶到西利亞公寓，我但願千萬別在電梯或走道上碰上苗露薏。硬了頭皮進去那非進去不可的公寓。

我來到三樓，按三一六的電鈴。公寓門一下打開。開門的男人一下就看到我夾在左腋下包好的畫框。

「萬先生？」他問。

我一本正經點點頭。「你是裘先生？」

「見到你高興極了。」他說：「高興極了。」他握住我右手猛力的搖。「見到真懂藝術的人，真是十分高興，尤其是有原始、正確概念的人。請進，請進。萬先生，這位是我太太羅琳。羅琳，萬先生就是買我那張畫的人。請坐，萬先生，你可以把帽子交給我的。也可以把畫先放在這邊。我們先來點酒，你要琴酒加七喜，還是琴酒加蘇打水？」

「就加蘇打好了。」我告訴他。

他倒了三杯酒。

裘豪西是個多毛而熱情的人，內心有衝動的潛力，說話快，行動快。他的太太正相反，她看起來不易改變初衷。她丈夫有如一隻野外田裡被人追趕，急得亂竄的松鼠，他會在一地挖洞，挖不了兩下就換地再挖。而羅琳不會，她會守在當地觀察，待機而動，動則有一定目的。

她三十左右年紀，身材良好，臉上因為太嚴酷，所以顯得不漂亮。

她身穿緊身毛衣，曲線畢露。

裘豪西倒酒過來，我們碰杯。

他說：「聽說你想替我的畫換個畫框。」

我放下杯子，站起來走向那張畫。我用幾乎是虔誠的手把紙包自畫上除去，把畫架在桌子上。站起來看向那幅畫。我把手指圈成圓圈，像在畫廊裡那樣欣賞起來。

過不多久，裘豪西依樣學樣起來。

「畫的主題是圓的。」我說：「圓的太陽，圓的橘色氛圍。自中心向四間發散的韻味。」

「日光的象徵。」他說。

「當然。」我說：「這種畫應該用一個圓型的畫框。」

「老天，」他說：「萬先生，你說對了。」

「我是來求你同意的。」我說：「我儘量少破壞原作，但是我要改用圓的畫框。」

「你是對的。完全正確！」

「這是一個大膽的嘗試。」我告訴他：「有創造性，有衝擊力，會造成時尚，有革命性。」

「謝謝，謝謝。」他說：「能和懂得我心中希望的人談話，真是畢生大幸。我想詮釋大自然，照我自己表現的方式來詮釋。」

「當然。」我說。

「要不然，」他接下去道：「拿個相機出去照幾張相，不是簡單得多？我不喜歡照那種別人一看就懂這是什麼東西的相片。人生最優美的東西就是你不懂的。所有東西都必須有人用不同方式來詮釋。藝術家其實就是詮釋的人。」

「畫畫的人把自己的性格畫進畫裡。」我說：「才能獨成一格，因為人性是各異的。裘先生，你創造了一個新風格。」

「我？」

「你。」

「我真希望你看看我目前在畫的作品。」他說。

「我也想看看。」

我喝完酒杯裡的酒。他打開一個櫥櫃的門，拖出一付畫架和一幅畫，他把蒙住畫的黑布拉開。

畫布上不同顏色的圈圈，紅色、橘色扭曲的直線。

我仔細地觀察這幅畫，看來似運動會中散發的五色氣球，背景是閃電。閃電都沒打在汽球身上。

我在想該給這幅畫起一個什麼名稱。既然那幅畫能叫撒哈拉的太陽，這幅畫應該叫狂歡會的雷雨。

我遠站觀看效果，又近站看他筆鋒，我把頭左側，又右側。

過了一下我點點頭。

裘豪西等不及我發表意見。他說：「畫名是『靈感』。它顯示白熱的剎那間靈感來自千頭萬緒。汽球代表腦中的雜念飄在空中。」

我不說話五秒鐘。我看他熱誠地在等我批評。

我說了一個字：「好！」

裘豪西的臉迸發笑容。他握住我的手上下猛搖。「萬先生，」他說：「你是識馬的伯樂。你自己是藝術大家。」

我又觀看那名叫「靈感」的畫五秒鐘。我轉向裘豪西道：「我找到我要找的人了。」

「什麼人，找來做什麼？」他問。

「畫一張畫，放在現代畫的畫廊，比任何畫都要吸引觀眾。」

他看著我，猶豫著。

「什麼畫？」他問。

「衝突。」我說。

他把眼睛半閉。

「世界上充滿衝突。國與國之衝突，人種與人種衝突，個人與個人衝突，意見與意見衝突，觀念與觀念衝突。」

「在畫布上怎麼能表現出來呢？」他認真思索地問。

我胡謅道：「你開過手排檔的車。找一輛老式小貨車，你不知道怎麼吃進檔。你發動車，離合器沒踩到底，你猛換檔。那聲音就是衝突的一種。」

裘豪西點點頭。

「把那聲音畫出來。」我說：「這就是衝突。」

他退後一步看向我。

「辦得到的呀。」我說：「你把齒輪沒粉碎前的樣子畫出來，齒輪的牙齒尚有合對的。你用鮮艷的紅配大綠。你照你耳朵聽到的畫出來，使別人眼睛能看到。你畫一張畫打亂別人的神經系統，你叫它衝突。」

「老天，老天！」他肅然起敬地說：「辦得到，辦得到！」

「你本來就辦得到。」我說。

我以為那傢伙要吻我了。

羅琳在一旁，兩隻眼冷冷旁觀著。她說：「豪西，你先聽聽萬先生對這個概念想收你多少錢？」

我看向她，把下巴抬起。「免費的！」我說：「我不是畫家。我有概念。我謙卑的內心就想對藝術有些貢獻。」

豪西抱我一下，把「靈感」放回櫥櫃去。

「我這就開工，萬先生。今晚就把它畫好。老天！我以前從未如此受教過。我能辦到的！我能畫出一張『衝突』來，誰看了都會瞪出眼珠來。真是了不起的概念。」

「我話要說在前面。」我說：「我不能保證你畫出來的，我一定收購。不過我相信你能畫出來就會轟動。我對宣傳之道頗有所知。我可以使你的畫作受到圈內人的重視。」

裘豪西走過去又倒了兩杯酒，我們碰杯對喝。

過了一下，我說：「我還想看看你其他的畫，我還要跟受過你影響的畫家談談。」

「我沒有影響過任何人。」

「喔，一定有的。」我告訴他：「一定有的，任何一個人，一看到你的作品，會感到作品裡有東西在。一種力量！一種衝擊！一種生命！一種活力。」

羅琳說：「道德就是一個啊，你不覺得嗎，豪西？」

「什麼人是道德？」我問。

「賈道德，」羅琳道：「我的堂哥。他也畫畫。我就認為他受豪西影響不少。」

「我……覺得你可能說對了。」豪西猶疑地說道。

「我怎麼能見到這位賈道德呢？」我問。

「這個嘛……」豪西說道：「他目前不大方便。」

「真不幸。」

我們又喝摻了東西的琴酒。不一會兒琴酒瓶空了。我下去在街角酒店又買了一瓶上去喝。

裘豪西有點醉了。我不知道羅琳如何。她坐在那裡冷眼看我，看來很警覺。

裘豪西走向電話。他大舌頭道：「我要接長途電話。」等了一下他對接線生道：「我是ＬＶ六，九八五七的裘豪西。我要叫人電話，接賈道德。他在凡利荷，路界汽車旅館。我不知道他在幾號房，不過他一定在那裡住……」

羅琳道：「他沒用他原名，豪西。」

「等一下，等一下，你說對了。」他說：「等一下，羅琳，他用的是什麼名字來著?等一下，接線生，我來看他用的是什麼名字。」

「他沒有告訴我們，他用什麼名字，豪西。」羅琳道。

「有，他有告訴我他用的是什麼名字。他……鄭！沒有錯，鄭道德！對了，接線生，奠耳鄭，你給我接吧，我等在這裡不掛。」

我們足足等了兩分鐘。裘豪西在等候的時候兩度加添酒到我酒杯裡去。突然他放下杯子，臉上露出光彩。

「嗨！道德？道德老弟。你知道發生什麼事了？我的『撒哈拉的太陽』賣出去了。我也一生從沒如此快樂過。

「我總算找到了一位知音，他懂藝術，知道藝術。老弟你要相信我，他知道天才。

「老弟，你別急，我知道，不過你等一等。……我知道，如果不是十分緊急事件，……你不要被人找到。不過這是一件緊急事情，老弟。事實正是緊急大事。這件事會使我整個人生改變，對我一生事業也會改變。這件事真是件天大的大事！你猜猜看，道德老弟，這是件藝術大獎作品。我已經在腦子中有了整幅畫的藍圖了，我只要著手畫就可以了……這是你一生也不會聽到過的什麼鬼主意。老弟，興奮極了。簡直是令人要昏過去了。我要畫一部汽車的變速箱……嗨！哈囉……哈囉！」

裘豪西向電話的舌鉤上下猛拍。

「哈囉！接線生！接線生！線路不通了！」

對方靜寂了一下。然後他猶豫，不信，無奈地放下話筒。

他轉向羅琳和我，厭惡地言道：「你們猜怎麼著，這王八蛋把電話給掛了。」

我們把酒喝掉。我告退。蹣跚地走向門口，本來那幅畫夾在腋下。

裘豪西送我到電梯口。大姆指按了三次，才按到電梯的鈕。

豪西道：「你要『茲』道……萬……萬先生。」

「知道什麼？」

「我立即就來開工。今天晚上就上畫架。我已經有概念應該用怎麼樣子的衝突彩色……你要……『茲』道……你既然給了我一個打破傳統形態畫框的概念，我要把這幅用一個不等邊六角形的畫框，沒有兩條邊長短相似，像撞車一樣的顏色，一幅畫每件東西都不順眼！但最後有個宗旨——衝突。萬先生，你是大宗師，你是世上少有的——是靈感大師。我受益匪淺。」

電梯門關起。

一條街外我找到一輛計程車。我全身不舒服。我回到旅社咖啡廳喝了三杯黑咖啡。我回房休息了十分鐘，搖擺地走進洗手室，大吐一場，舒暢了不少。我打電話給客房服務部，再要他們送咖啡上來。

我打長途電話給費巴侖。

「賴先生，辦案辦得怎麼樣了？」他問。

「不錯，」我說：「我馬上去和賈道德聯絡。我找到他了。」

「在哪裡？」

「凡利荷，凡利荷的路界汽車旅館。他用鄭道德的名字登記的。他不願讓人知道，但我要去看他。」

「你現在在哪裡？」

我告訴他。

聲音。「你要對他講些什麼？」他問。我幾乎可以從電話中聽到他壓手指關節的

「我要請他保留一點高尚的風度。」

「要是不成呢？」

「我自己就會失去高尚風度。」

「賴，」他焦急地問：「你有什麼不對嗎？」

「我，沒有啊！」我說：「看我不是找到他了嗎？你要相信我，這也真不是容易的事。我目前只是告訴你進度。你會從帳單上知道怎麼找到他的。」

我掛上電話，自己照照鏡子。我用冷水潑自己的臉，不得已倒在床上。咖啡漸漸發生作用。我還是爬不起來，反倒在我閉上眼睛時，各色各樣的事情都在眼前晃。

我看看錶，下午五點，我抓起電話，心中有責任感，也感到時間緊促。

我打對方收費的電話，給在辦公室的柯白莎。

她在對方答話，對於我打對方收費電話生氣得冒煙。

我告訴她我在哪裡，我說：「白莎，我只要你知道一件事。」

「什麼啊？」

「我花了五十七元辦案開支。」

「五十七元，那麼多？」她不高興地問。

「是的。」

「幹了什麼了？看你這樣子，你買一瓶五塊錢的烈酒，不是一樣可以醉一醉嗎？何必一定要開香檳呢？」

「那是為一幅畫，」我說：「我買下來的，名字叫撒哈拉的太陽，我要做一個紫色的畫框……」

「這是長途電話，你這個醉鬼，笨鬼。」白莎大叫道：「有話快講，為什麼找我，為什麼喝醉？你叫我不懂。」

「沒有人會懂我的。」我說。

白莎一下把電話自她那一方掛斷。

我拍打電話，拍到旅社的接線生問我有什麼事。

「七點鐘叫我。」我說，又趴回床上去睡。

隱隱之中，我知道我有兩個小時可以睡一下，兩小時後那麼許多咖啡應該會起點作用，到時我要去凡利荷，我要拜訪賈道德。

第四章　已僵直的屍體

門上有敲門聲。我自昏睡中醒來。

敲門聲停了。我躺在床上把意志集中起來。敲門聲不會是來自門上的吧？一定是來自自己腦子深處什麼地方，聲音大小一樣，敲打的頻率也不變。我腦子深處有一種潛意識，我該辦事了。

門上敲門聲又起。這次不可能有誤聽，是重重、急急的敲門聲。每一下都自我腦中引起回聲，有如在空房中開槍。

我掙扎著坐了起來，伸手去摸床頭燈開關，我把開關打開，起床，走向門口。

費巴侖站在門口。

「哈囉，費先生。」我說。

「你搞什麼鬼？」他說：「我猛打門要叫醒你，你卻睡得死死的……怎麼連衣服都不脫？」

「我一直在忙。」我告訴他。

我的舌頭在打結，喉嚨又乾又啞。

我看向手錶，是三點半。

「你來這裡幹什麼？」我問。

「我睡不著。」他說：「我搭晚航機來這裡。」

「你怎麼向太太解釋？」我問。

「賴，」他承認道：「我對娜娃說了謊。你瞭解這件混蛋事件對我的影響了吧，我對娜娃說了謊呀。」

「那太糟了。」我說。

我走向電話，拿起電話，我說：「我叫你們七點叫我，為什麼沒有叫我？」

「請你等一下。」一個甜蜜聲音的小姐回答。

過了一下，那邊在電話中言道：「沒有錯，賴先生，你是說七點叫你，現在還沒有到七點，先生。現在是三點四十分。」

我含糊地說道：「知道了，請你接房間服務部。」

我接通房間服務部，要了一大壺冷的蕃茄汁、一瓶辣醬油和一些檸檬。我把枕頭直放在床頭板上，我自己又回到床上靠著。

「賈道德說了些什麼？」他問：「你找到他了嗎？」

「我沒見到他。」我說：「我只是找到他在哪裡。」

「你沒有見到他？」

「沒有。」

「但是你在五點鐘之前打電話給我，告訴我他人在凡利荷，而……」

「沒錯。」

「但是你為什麼還沒見到他？」

「主要原因是我叫他們在七點鐘叫醒我。」我說：「而那個笨接線生以為我是說早上七點。」

「為什麼要七點叫醒你？」

「我和賈道德的朋友喝了不少酒，所以才能得到賈道德的地址。我叫他們七點叫我，這樣我可以有兩個小時閉閉眼睛。我準備昨天下午七點起來去凡利荷的。」

「你睡過頭了？」

「我睡過頭了。」

費巴侖壓著他的指關節，指關節在響。他淺色水汪汪的眼珠責備地看向我，連他指節發出的聲音也有對我不滿的意思。「我以為這時候來，一切已經解決了。」他說。

「道德躲了起來。」我告訴他：「我必須猛喝才能在對方口中套得出他在哪。」

「他為什麼要躲起來？」

「因為你朋友苗露薏叫他自己挖個洞不要出來。」

「她為什麼要如此做？」

「我也正希望能知道。不過叫他躲起來的絕對是她。」

費巴侖悲觀地說：「賴，現在看來，賈道德任何時間都可以寫封信給娜娃，甚至拿起電話來給娜娃打個電話。他是危險人物。整個事件充滿火藥性。我一分鐘也不希望耽誤。」

「好吧，」我說：「你希望我怎麼辦？在清晨四點給他打電話威脅他？」

「你用這種戰略就正好鑽進賈道德的設計中去了。他知道你怕他，他知道王牌在他手上。他是有良心與熱心的人，他是來改造地球的啊。」

「那對他該怎麼辦？」費巴侖問：「我們怎麼能使他不向娜娃開口？怎麼能不使事態擴大？」

「辦法是有，」我說：「不過在我再來一大罐蕃茄汁之前，我想也沒力氣想。」

費巴侖在房裡踱著方步，一面用力向中指的底部關節一壓，啪的一壓，對我有如手槍子彈在響。

「你訂了這裡的房間嗎？」我問。

「我才到這裡。」他說。

「你去要個房間。」

「我睡不著。」

「我要睡。」

「你該已經睡夠了。」他責備地說。

「非但睡夠，而且還買了一張畫。」

「一張畫？」

「是的，我用你的錢買了一張畫。花了五十七元。畫家名字叫裘豪西，畫題是『撒哈拉的太陽』，要欣賞一下嗎？」

他把我當成外星人似地看著我。

我走過去，把畫的外包裝紙除去。

「老天，」他坐到椅子去：「你說你買下這種畫？」

「是啊。」我告訴他：「我憑這個才得到賈道德的地址的。我也為此買下了一瓶琴酒，才能把他們灌醉！」

門上有敲門聲，我走過去把門打開。

冰塊在溶液裡和玻璃容器相撞的聲音，是我這時最喜愛的響聲。

我把蕃茄汁倒入一隻大玻璃杯，把辣醬油、檸檬片也放進去，大口地倒進胃裡去。

費巴侖在看那張畫，一臉不敢置信的樣子。

「來一點如何？」我指著蕃茄汁向費巴侖問。

他搖搖頭。「我上來之前喝過點咖啡了。我什麼也不要……賴，這件事我煩心啊。」

「我瞭解你。」

「我們要爭取時間。」

我點點頭。

「你說過，」他說：「敲詐等於分期付款。第一次付款是頭期款？」

我又點點頭。

「但是，我們可以付頭期款來爭取時間。」

我又倒了另一杯蕃茄汁，再擠入檸檬，倒了更多的辣醬油進去。我說：「巴侖，現在的問題是他不在敲詐。」

「那是什麼？」

「你什麼意思？」

「我也不能確定，這問題需要精神分析才行。」

我說：「依我看，賈道德做過什麼使他自己煩心的事。他不敢自己承認，但是他心中自認是有罪的，得不到平安。於是心中就形成一種病態，要把全世界每個有罪之人的罪狀公諸於世，如此才能證明給自己看，他不比別人壞。

「心理分析家對這種病態，可能有一個專門名詞。我不知道叫什麼，我叫他贖罪心理。這傢伙現在是自以為是救世主的。」

「又如何？」費問。

「當一個人的潛意識進入這種境界時，他已經逼近招供的程度了。我想可以使他告訴我，他做過什麼，為什麼會變成如此自以為是。」

「如此你能控制他嗎？」費巴侖說。

「我倒也不想控制他，」我說：「我讓他吐出了心中累積的情緒，他會好一點，能過正常人的生活。如此苗露薏也會比較快樂，不會老是嫌他。」

「賴，你一定查到不少我不知道的消息。」

「本來就如此。」我說：「你付錢給我叫我替你找消息的。」

「你還沒有告訴我，你找到些什麼消息。」

「你自己想想也體會得出來。」我告訴他：「這裡有一個自以為比什麼人都高一級的人，愛上了一個喜歡熱鬧，喜歡歡笑，喜歡行動的女孩子。他表現人性，但也表現出自以為是，表現出不滿意她的生活方式，要做全世界的救世主。」

「他認為你又使露薏回到不道德的世界裡去，所以他給你一封信，要把你弄得信譽掃地。他的確會幹的，他如此幹為的是使露薏知錯，為的是使你看來比他更有罪。」

「我來和這傢伙談。這傢伙躲了起來。現在你知道得和我一樣多了。你看當怎麼辦？」

「我不知道。」他說。

「我也不知道。」我說：「除非，他給你寫信只是其中一封而已，像他那種人可能給別的很多人寫過很多信，恐嚇過很多人。」

「有什麼差別呢？」

「差別可大了。」我說：「不過，要看他對另外什麼人寫了些什麼東西。」

我喝更多的蕃茄汁。

費巴侖說：「我承認你推理得極為正確。不過我仍舊認為，我們先應該試試付他一筆錢。」

「也可以。」我說：「我和你可以如此來約定：假如單純只是敲詐，我們付錢的目的，是為拖延時間到我們能想出對付他的方法為止。不過目前我不認為這是敲詐……你的行李呢？」

「樓下，我本來準備也要個房間的，我現在去弄個房間。我們……八點在大廳見，一起用早餐，我們去凡利荷。」

我搖頭。「七點半。」我說：「我們一起用早餐。八點鐘離開這裡。」

「好，七點半。」

費巴侖離開，我脫掉衣服，把浴缸放滿水，讓自己泡在裡面。泡了二十分鐘我起來，擦乾身體，刮過鬍髭。我拿起那身衣服，發現已皺得太不像樣，我叫服務人員來，問他能不能拿去熨一下，在六點四十五分之前拿回來。得到肯定回答後，我把衣服中的東西全部倒出來，讓他去熨。我又把剩下來的蕃茄汁喝了，這時我才感到水份夠了。

「撒哈拉的太陽」使我視神經深處大加反感，也把我帶回不愉快的回憶。我把它面對牆，又請旅社送上報紙來，讀了一下報，糊裡糊塗小睡了一下。七點鐘電話鈴響起，是叫醒我起床。我找了給我熨衣的部門，發現衣服尚未熨好，其實熨衣的才剛上班，七點半之前衣服不會拿上來。我埋怨了他們幾句，說要他們盡可能的快。我自我行李拿出一件乾淨襯衫。我把要洗的衣服放在一個袋裡。七點二十分，熨好的衣服送上來，我把要洗的衣服交給他們。七點三十分，我來到咖啡廳

費巴侖坐在櫃檯凳子上喝咖啡。

「哈囉。」我說：「你比我起得早啊。」

他一臉無可奈何地說：「我睡不著。」

「在這裡多久了？」我問。

「他們六點半開門。」他說：「一開門我就來了。」

「來吃早餐？」

「喝咖啡。」

我坐在他身旁一個空的高凳上。我對侍者道：「橘子汁、煮梅子、火腿蛋，帳由這位先生結。」

他把空杯子向前一推。「續杯。」他說。

「不要再喝咖啡了。」我說：「喝多了，等一下精神太緊張。像我一樣，來點火腿蛋吧。」

他可憐地說道：「我沒胃口啊！」

我快快吃完了早餐。侍者把帳單給他，他給了二毛五分小費。我伸手入褲袋，取出一元硬幣放在櫃檯上。我說：「既然你六點半就進來，我來替你給他點像樣的小費。我會記在開支帳上的，不必掛齒。」

他看向那銀元，他說：「也許你說得對。」伸手把那二毛五硬幣拿了回來，放進褲袋去。

「我當然是對的。」我又放了五毛小費在櫃檯上。

侍者一聲不響地在看這一幕鬧劇。他向我微笑。

費巴侖走向門口，一面在壓響他的指關節。

「怎麼去法？」他問。

「我有一輛租來的車，」我說。

我把車取到，在經過海灣大橋進城來的車陣中掙扎一陣子，進入高速公路，舒服地開了一陣子車，又在擁擠的車陣中開了一陣子。我們來到凡利荷，找到路界汽車旅館，極為容易。

「我們是不是用他的假姓來問一下？」費巴侖問。

「別傻了。」我說：「我們誰也不問。那傢伙開輛跑車，他用姓鄭來登記，我們來看一下。」

在這個時光，旅館的經理守了一個晚上店，應該正在補眠。大部份過路旅客都已經遷出，上道趕路了。女傭們在清理各分開獨立的小屋子。

我告訴費巴侖不要像小偷，儘量把背挺直，昂首向前走。

「我們這一行，」我告訴他：「千萬不能探頭探腦像在找人或找東西。否則會引人注意，甚而有人會過來要幫你忙。這樣，事後他們會記起你的長相的。

「應該裝成忙於辦一件事，但不是十分忙著要辦。走路要有目的地，胸有成竹。萬一要找的東西沒有找到，就該立即回頭，有如你想起另有一件事忘了辦。」

我們沿車道一直以快的步伐走向前。我在二十四號屋門口的停車位上，發現要找的跑車。

「現在怎麼辦？」巴侖道：「我們找到他了。對我們有什麼用嗎？」

「我們去和他談。」我說。

我們走向屋門，我敲門。

沒有回音。

我用拳頭試兩下。

沒有回音。

「也許他出去用早餐了，」我說：「我們去看看。」

我們快速退回來，快速經過經理用的辦公屋子，來到了旅館獨立的一幢餐廳。

「你知道他長得什麼樣嗎？」費巴侖問。

「我想我見到他會認識的。」我告訴他：「他是熱心的救世者，他受不了看到別人不好的行為，他自以為是，很自大的。應該有高高的顴骨，嚴正的眼光，厚厚的毛髮，大概是薄嘴唇。他會很緊張，動作很快，神經兮兮才對。」

我們走進餐廳。費巴侖又叫了咖啡，我要了肉桂蛋糕和熱可可。

慢慢地，很小心地我看每一位在餐廳裡用早餐的人。我看不到像賈道德的人——難道我從他個性想像他的樣子，想得不對？

我們又回頭走向賈道德租用的小屋。

「也許他正在淋浴。」我說：「我們再敲門。」

我重重地敲門。沒有回音。我轉動門球，向裡推。

「等一下，等一下。」費巴侖道：「你在幹什麼？」

「進去看看。」我說。

大門在上油很好的鉸鍊上無聲無息地向前移。

費巴侖退後。「我不參加這種活動。」

「那你就在外面等著。」我說。

我自己也真希望我能單獨一個人和賈道德談談。沒有費巴侖，沒有他那壓指關節的習慣，我想我可以比較容易和賈道德有交換意見的機會。

我不太認為這傢伙會睡到這樣晚的時間，除非他醉了。

我費了一點時間才使自己眼睛適應室內的暗淡光線，我輕輕把門自身後關上。

床上整整齊齊，沒有人睡過。

我不明白這是怎麼回事。

我走向床前要走向浴室，突然我停住。兩隻穿了鞋的腳映入我的眼中，這兩隻腳的位置詭異，顯著很不自然的僵直。

我走前幾步要看個仔細。

屍體全身穿有衣服，沒有什麼出血。腦部有個紅點，有一小堆結了塊的血跡在身下地毯上。

一看臉色，我就知道他已經死了。死者毛髮很厚，黑色的頭髮修剪得很短。顴骨高，兩隻眼睛長得很近，下巴較短，不像經得起一拳似的。

沒有掙扎的現象，房內一切都整整齊齊。一支皮製的鑰匙夾有一半被屍體的上衣所蓋住，我把它撿起來放在口袋裡。

我自床的方向後退，拿出手帕來把裡面的門球擦拭乾淨。我退出門外，把手帕藏在手掌心中，一面關門，一面把門外的門球也擦拭乾淨。

費巴侖離開小屋足足有五十尺的距離。他看向我，有如這一輩子他從來也沒有見過我。

我快快走過去，接近他的時候我說：「來，快走。」

「他說什麼？」他問。

「他不在。」我說：「我想這傢伙進城去，去打長途電話了。」

「他不在？」

「至少我沒見到，」我說：「我只是開門在門口看一看，我沒有走動。」

「喔，」他問：「那麼他不在床上？」

「床沒有人睡過。」我說。

「怎麼可能？」他問。

「就是如此。」

「但是車子在這裡，是嗎？」

「沒有錯。」

「那麼他就不可能離開這裡太遠。」他說：「我們來問問經理好嗎？」

「不必了。我看過車牌，車牌是他的沒有錯，車子也一定是他的。」

「我們現在怎麼辦？」

「我們回去。」

「我不懂。」費巴侖道：「我們老遠趕到這裡，要和這傢伙談一下，你現在說要回去?!」

「是的，我們改變主意了。」

「我不明白為什麼要改變？」

「有些事，你不一定要全知道。」我告訴他：「事實上，你跟著我到這裡來，已經有很多不便了。」

「我沒辦法啊！」他說：「我一定要想辦法做點事，我要知道進度，我不能等在家裡像等死。告訴我，賴，這傢伙會不會已經想到把事情宣佈出來，或是已經告訴娜娃了？」

「我也不知道。」

「我們一定要找到他。我們一定要和他談。我們要設法阻止他。」

「我想我已經把他阻止住了。」我說。

「怎麼說？」

「我找過苗露薏，我告訴她，我是什麼人，我接管這件事了。」

「你認為她告訴他了？」

「要不然他何必逃到這裡來，用一個假名字住店呢？」

「這樣說也對。」費同意道。

「所以，」我說：「我現在開車載你到奧克蘭機場，第一班飛機，你給我回去。」

「但是我不願回去，我要和你作戰，我來這裡就是親自見你作業。」

「你回去。」我告訴他：「你現在就走，你會妨礙我辦案。」

「我不能自奧克蘭回去，我要回旅社拿行李。」

「也好。」我說：「你回去旅社拿行李，然後你搭乘第一班飛機南下。」

費巴侖起疑地看向我，他說：「為什麼你突然改變那麼多？」

「改變就是改變。」我說：「有一天你認識我多一點，你會知道，善變是我的大困難。」

第五章　信件複本

我不知道我尚有多少時間上的空檔，但據一般常識判斷，我能用的時間不會太多了。我估計最多一小時吧。一小時之後，總會有一位女傭會發現屍體，他們會憑車號找到他叫賈道德，於是我要去，或去過的地方，會有警察密探密佈。

我在汽車旅館撿起來那鑰匙夾中的第三把鑰匙，可以開賈道德公寓的門。我走進去。

男性獨居的房子有他特殊的霉味，倒也不一定因為隔夜的菸頭爛在菸灰缸的關係。賈道德的公寓就有這種味道。

我快速四周望一眼。

這裡有不少玄學的書。一本書書名叫《命運之輪》，一本書叫《遠東哲學》，另一本叫做《贖罪與羯磨》是談因果報應的書。

寫字桌上了鎖。我再用鑰匙夾中的鑰匙來配，沒有什麼困難，因為只有一把鑰匙是這抽屜的大小。

我打開抽屜，抽屜中有如打翻了的蘋果派。他有一本以ABCD為序的檔案冊，其他抽屜有信紙、信封、複寫紙和郵票。桌上有蓋子打開的手提打字機。

我把F開頭的檔案打開，找到他寫給費巴侖信的副本。接下來我發現一件令我毛骨悚然的東西。那是一封寫給費巴侖太太信的複寫本。日期是兩天前，地址正是費家。信封上寫著：「私人信件，親啟。」

我把信仔細讀一遍。一切都糟了。

信是這樣寫的：

親愛的費太太：

請先瞭解我並不是一個忙碌的人。我是改善地球上人類生活而存在於世的。

住在本市西利亞公寓的苗露薏是一個好女孩。正如一般像她年齡的人一樣，活潑、天真，享受物慾，對永生的精神境界尚無實際的認識。

我正在教她種瓜得瓜的道理，因果循環，絕對是確鑿不移的。目的當然是希望她能對自己的將來，負起自己的責任。

五年之前，我和露薏結婚。她是如此天真，如此可愛。但我們的婚姻維持不久。她去雷諾，主動和我離婚。

自此之後，她一直自貶身價。她追求物質與肉慾享受。她用幼稚的腦子來支配成熟的胴體。

我一直希望她能醒悟。

我寫信給你的理由是，你的丈夫，來本市開會時，和她共度了一個夜晚。我有道義上的責任要管這一件事。

一般說來，你丈夫對這件事也不應該單獨負責的。但是，我知道他現在領養有一個孤女。我應該問問有關方面，他這種品德在領養權方面是否有瑕疵。

我現在可以證明，一位叫康京生的商人，故意利用女色在接待客戶。年輕女郎由他付錢來招待別人，使他的船體外引擎——京生一號——得以銷售出去。

我已經給了這位康先生一次警告，我想這已經夠了。因為他用的也是時下一般做生意的方式。世風日下！

你的丈夫才是罪人。更不好的，他使別的人也變成罪人！報應應該降臨在他身上。

真誠的人

賈道德敬上

我把複寫紙副本摺起，放入口袋。我看一下腕錶，匆匆搜索桌子內容。我知道我冒的險可大啦。然而，我的原則是為客戶可以兩肋插刀。事實上，不冒險也辦不成案。

我找到一本皮面記事本，六乘九吋大小。我打開一看，是本日記，我把他放入口袋中，其他已沒有什麼特別值得注意的了。

我擦掉一切可能留下的指紋，離開公寓。我走過一家行李物品店，買了一個手提袋，把信的複寫本、日記和鑰匙夾，全部投入行李袋內。

我乘計程車到一家大的超市，把行李放在付錢自動存物櫃裡，把鑰匙封在一個信封裡，把信封和一元小費交給附設快餐部一位服務小姐，要她保管到我回來拿為止。

現在，我身上無「物」一身輕。即使有人脫光我衣服來搜，也搜不出一件罪證來。

我沒有用我租來的車，而乘了一輛計程車來到西利亞公寓。

我很想看看苗露薏，在她知道出了這種變化後，她的臉色如何。

我踮起腳尖，輕輕走過裘豪西的三一六公寓房。我經過時，聞到氣窗上飄出來煮咖啡的香味，想來裘豪西起晚了，正在準備遲來的早餐。

我按三二九公寓房的門鈴。

苗露薏在房內問道：「什麼人？」

「賴唐諾，」我說。

她猶豫了一下，我聽到門閂拉開聲，門上鍊條拉開聲，而後門被打開。

苗露薏沒有化妝，穿一件家居服，臉色自然，還真有點天真無邪的感覺。

「可惡的私家偵探，這不是拜訪一個女孩的時候啊！」

「你不是已經起床，穿著整齊了嗎？」

「我哪裡穿著好了，只是胡亂穿了件衣服而已。」

「你還是要我在這裡講話，每個人可以聽到，還是進去說話？」

「還有一種第三類選擇。」

「什麼？」

「你根本不講話。」

我微笑地說：「我們打個賭。」

「什麼賭？」

「你打賭我絕找不到賈道德。我賭我找得到。好嗎？」

「你已經找到了嗎？」

「找不到就我輸。」

「我們賭什麼？」

「不知道。」我說：「我們賭什麼好？」

「進來！」她邀請道：「我對肯賭認輸的男士都有好感。我自己也好賭成性。你要怎麼賭？」

「輸了請吃飯。」我告訴她。

自開著的門我可以看進她臥室。床還沒整理。她走過去，把門掩上，自己坐在長沙發上，把雙腿交叉，看我把眼光離開，她說：「唐諾，我大腿很養眼的，是嗎？」

她把家居服下襬向下拉了一拉，拘謹地坐了一下子，然後她說：「管他的，相信你也是什麼都見過。」於是她又放鬆自己。她伸手向菸罐，取出一支香菸，在桌上直著敲了兩下，點上菸，深吸兩口，她說道：「想來你是習慣了早起的人，看你樣子已經起來一兩個小時了。」

「也不過才起來。」

「咖啡？」

「可以……」

「好，我吸完這支菸就給你燒一壺。我要坐著，把自己放鬆，看看你到底葫蘆裡賣什麼藥。」

「一肚子想打賭。」我說：「記得嗎？」

「當然，」她說：「當然我記得。這是你找藉口以便進身的理由。」

「假如我給一個合理的價格，你能使我找到賈道德嗎？」

「我不知道。我只告訴他叫他自己躲起來。」

「於是他就自己躲了起來？」

「你不是親自領教了嗎？」

「顯然是如此。」我說：「我在奇怪的是，你怎麼會叫他去躲起來，而他為什麼肯徹底的聽你話，立即躲起來不見人？」

「我告訴他，有一個私家偵探找上門來了。」

「他怕了？」

「他怕了。」

「你知道他會怕的？」

「我認為有可能他會怕。」

「願意告訴我為什麼嗎？」

「唐諾，目前我要靠在這裡好好享受這支香菸。我在與人鬥智之前，需要冷靜一下。然後我想享受一下咖啡。假如你要做一個好孩子，當我去換家居服的時候，你給我炒幾個蛋，煎幾片火腿肉。之後我們吃早飯，討論事情。」

「我還想先知道一些事情。」

「你有不少事想知道的。但也得慢慢來。」

「好吧！」我說：「你可以享受咖啡，不過在這之前，我有一個問題。」

她移動一下位置，深吸一口菸，也不再顧慮自己的坐相。「什麼問題？」她問。

「什麼事情使賈道德轉變自己為救世的十字軍？」

她微笑道：「這倒是一個值得六萬四千元現鈔的問題。」

「隨你說。」

她把菸屁股捻熄。「好吧，我來燒咖啡。」

她起身去廚房。我有幸欣賞一下穿了家居服的美好身材。

我聽到水加進咖啡壺的聲音，聽到咖啡壺放上電爐金屬相碰的聲音。她走出來。

「我喝咖啡喜歡臨時煮。」她說。

「我也是。」

「我的咖啡磨得細，烤得香。水衝上咖啡壺十五次我就關火。我現在進去換衣服，你給我看著好嗎？」

「看你換衣服？」

「傻瓜，要你看咖啡壺。」

她走進臥室，把門自身後踢上。門沒有關緊，她也不在乎。我瞥到家居服自她身上滑下的一瞬，晨光照向她白嫩的肌膚。

她自門內大聲問道：「唐諾，你在看咖啡嗎？」

「還沒有，你看著燒水，水永遠不會滾的。」

她半打開門，站在門縫中，日光自臥室窗口亮亮的照進來，裡亮外暗，她身體的影子透亮在單薄的衣服裡。

「什麼都看到了。」我說。

她大笑，下視自己的衣服，她講：「不見得吧！」

「什麼意思？」

她又大笑道：「你自己去想啊。你是偵探，我要你知道，我有的東西你是看不到的——至少我不會自動告訴你。你快去看咖啡。醃肉和蛋冰箱裡都有。」

我在廚房洗碗槽裡把手洗淨，用紙巾擦乾，找到醃肉和蛋匣子，用溫火來煎醃肉。我打了六個蛋在一隻碗裡，我把平底鍋側過來，把煎肉的油屑留在一邊，我把油屑找了個紙袋裝進去拋掉，用煎醃肉的油來炒蛋。

我把煎好的醃肉條用紙巾包起來吸掉油膩。

蛋快炒好，苗露薏過來站在我身後。

「怎麼樣？」她問。

「還可以，蛋是炒的喔。」

「炒蛋可以。」

「加點紅椒粉？」

「加點紅椒粉。」

「加一點點辣醬油？」

「沒試過。」

「今天你會試一下，我早已加進去了。」

「加鹽，加胡椒了？」她問。

「嗯，鹽加了，胡椒很少，一點點。我怕你吃不出紅椒粉的味道來。」

「你的醃肉要冷了。」

「炒蛋炒好，我把醃肉回一次鍋，只是熱一下。」

「唐諾，看你如此老手，你一定是已經結過婚的。」

「沒有。」

「為什麼對做菜如此老練呢？」

「做菜是只有婚後才會老練的嗎？」

「做早餐是。只有婚後，才知道自己老婆早上要睡美容覺。也才知道老婆一起床假如沒有咖啡喝會頭痛，囉唆一天沒有個完。於是丈夫就先去廚房煮咖啡。既然人已經在廚房了，炒個蛋，煎點醃肉，也只是舉手之勞了。」

「你分析得很清楚。」

「嗯。」

「你是以此教賈道德的？」

「倒也沒有。」

「賈道德的心理障礙，就是如此得來的？」

「我不告訴你，讓你永遠不知道。」

「……」

她看我炒好蛋，把蛋鏟在盒子裡，又看我把包在紙巾裡的醃肉連包著的紙放回平底鍋去，把醃肉再熱一下，剝掉紙，把醃肉放進盤子去。

「這種事告訴你，你會覺得豈有此理的。」她說。

「我什麼事都見過，見怪不怪的，」我說：「要不要吐司？」

「要一點。」

「我看到你有一個烤麵包機在那兒。」我說：「這該是你的工作。」

她大笑。走去冰箱自麵包盒中取出兩片吐司麵包，放進烤麵包機，一面還是很有興趣地在看著我。

我等她烤好麵包，塗上牛油。我把炒蛋盤子周圍放滿醃肉，放在廚房餐桌的正中央。

她坐下，倒了兩杯咖啡。

我叉了一叉子炒蛋，試一下口味。拿一塊吐司在手中，猶豫地玩弄著。

「你好像並不太餓。」

「這已經不知道是我的第二頓，還是第三頓早餐，連我自己也忘記了。」

「我就知道你是早起的鳥兒。」

她喝了口咖啡。叉一叉蛋試了一試。用手拿一塊醃肉，也試了一下。她說：「唐諾，有你這樣一位老公，一定不錯的。」

「怕不見得。」我說：「我有時很凶的，我會把老婆從床上拖起來，打她兩記屁股，叫她在我去刮鬍子的時候把早餐做好。」

「不會的，你不會的。」她說：「只要女人對你好，你對她更好。」

「也許吧。」

她靜默了一下。看我一下道：「這一點我相信，你是正人君子。」

「想試一下，看我是不是正人君子？」

「正在研究，不知從什麼地方開始。」

「不妨從你和賈道德結婚的時候，你是不是真愛他開始。」

咖啡杯半路停在她嘴唇前，她把咖啡杯放下來。杯子顫抖地停在碟子裡。

她看向我。

「你知道不少事。」她說。

「你也不簡單。」

她深吸一口氣。「說得也是真的。」

「到底怎麼回事？」我問。

「道德變了很多。」她說。

「什麼使他變了？」

她看向我。

「告訴我，什麼事使他變了？」

她慢慢說道：「他把他的祖父謀殺了。」

我驚奇得好一會兒說不出話來。

「我知道，這種事你想也想不到的。」她說。

我說：「我們來弄清楚，裘羅琳是他的堂妹，兩人的遺產都來自那祖父，是嗎？」

「是個信託基金，這基金中道德所得是羅琳的一倍。」

「他們祖父一死，兩個人都有受益？」

「是的。」

「你認為祖父是被謀般的？」

「是。」

「羅琳如何？」我問：「她也如此認為嗎？」

「她要不知道，肯不吭氣嗎？」

我更奇怪了，我說：「她是另外一種型式——你說她是那一類——她！」

苗露薏道：「喔！我真是糊塗，我笨哪！」

「怎麼啦？」我問。

「唐諾，你這個小混蛋，一定是你！」

「到底怎麼啦？」我問。我知道我自己說漏了嘴，犯了大錯了。

「羅琳和裘豪西昨天說晚上來這裡找我。」她說：「他們醉得糊裡糊塗。他們對他們的前途興奮得厲害。豪西賣出一張畫給一位懂得藝術的人。你這個混蛋，我現在才想起，你一定就是那個人！」

「哪個老幾？」

「那個出鈔票買他畫的人。別假痴假呆，你臉上的表情，我一看就知道了。你說到羅琳，你突然停下來，你不要我知道你見過她面。唐諾，假如你見過她，你就是個小人，你利用我，你小人！你太殘酷了，裘豪西現在飄飄然，他整個人在天上的雲上面。他要摔下來……」

我說：「那太好了。藝術家要熱心，要全力以赴，要對自己有信心。每位藝術家都會畫出好畫，假如他畫的時候不會想到：這張畫要不知丟在畫廊裡要多久才有買主。現在你告訴我，憑什麼你認為道德謀殺了他的祖父？」

「等一下！」她說：「要是豪西知道你買他那一張畫的目的，是要找出道德在哪裡。他會從雲上摔下來，鬥志全失。如果憑這件事，你又把要躲起來的親戚找了出來，他會窩囊死的。你倒不如叫他從二十層樓跳下來算了。」

「那麼，我看我們還是先告訴他，叫他有個底，好嗎，露薏？」

「我們不必。唐諾，你不會趕盡殺絕吧？」

「我也不知道。」我說。

「別給我敷衍了事。道德的事是我告訴你的，你一定得表明清楚。」

「好吧！」我告訴她：「是我幹的。」

「你使豪西自以為了不起，是個天才，目的是要知道賈道德躲在哪裡？」

「是的。」

「我恨你。」她說：「我准許你留在這公寓裡幫我把盤子洗乾淨，然後你給我滾出這公寓，我永遠不要再見到你。」

「等一下！」我說：「目前一個人也沒有損害到啊！」

「什麼意思，一個人也沒有受到損害？」

我說：「我給裘豪西打了一針強心針。他這幾天會拚了老命作畫。我也向他做了好幾種有用的建議。」

她想了一下，她說：「他昨晚告訴我，他有了種全新的想法。他整個人改變了，也積極起來，他準備今天一早開工作畫了。」

我說：「假如你不把這件事拆穿，他從此會變成一個努力的畫家，說不定畫出些名氣來。」

「但是，他以為你是藝術品鑑賞家、推銷商，甚至是隱姓埋名的收藏家。」

「誰又說我不是業餘的呢？」

「當然極可能你不是的。」

「偵探自己也可能藉藝術品打發空餘的時間。」我說。

「你有沒有設法使他告訴你道德在哪裡？」

「沒那麼麻煩。」

「你騙他，他一高興，就自動打電話告訴道德說給他聽？」

「有點像。」

「你大渾蛋！」

「你講話很像柯白莎。」我說。

「她說話也是如此的嗎？」

「正是。」

「我相信她對你還有一點媽媽照顧兒子的心情，是嗎？」

「一點也沒有，她恨我。」

「喔！」

「道德與他祖父又是怎麼回事？」

「本來就不該告訴你的，唐諾。」

「你說過了，就不可以半路停下來吊我胃口。」

「屁的不可以。我不是停止了嗎？」

門上響起重重的敲門聲。敲得也真重。

「什麼人會要想拆掉我這扇門。」她生氣地說，一面站了起來走向房門。

「看來是熟人。」我說：「一位沒有耐心的人。」

「我沒有在這個時候沒有耐心的熟人。大家知道我早上要睡覺、香菸、咖啡和早餐。」她一面半回頭說，一面把門打開。

一個男人的聲音道：「小姐，你認識一位賈道德先生嗎？」

「去你的，不認識！」她說，一面準備把門碰上。

「等一下，妹子！」對方說：「看一下這個！」

「喔！喔！」她說。

「賈道德和你什麼關係？」

「他是我頭痛的來源。」

「你不會再頭痛了。」他說：「他死了。」

「什麼啊！」她喊叫出聲。

「讓路！」他說：「我要進來和你談。你在幹什麼？才吃早餐嗎？」

「嗯哼。」

「我可以來一杯咖啡，」他說，一面大步走進廚房來。

我完全不去注意他們，一面把咖啡喝完。

「喔！喔！喔！」他說：「這一位男朋友又是什麼人？」

「這不關你的事。」

「我說有關就有關。」

「你說，」她說：「你來這裡為的是道德，還是為這位先生？」

那傢伙理也不理她，逕自走向我，問我道：「說，你叫什麼名字？在這裡幹什麼？」

他自口袋拿出一只皮夾，一下把皮夾抖開，給我看警章。

我說：「條子，是嗎？不必緊張。我的名字叫賴唐諾。我是從洛城來的私家偵探，這是我的名片，這是我的工作證。」

我把這些鋪在桌面上。

「你在這裡做什麼？」

「來找賈道德。」

「為什麼找他？」

「要和他談談。」

「談什麼？」

「聽你說他死了，我也就死心了。」

「老兄，」他說：「在這裡，我們辦事不喜歡狗腿子。我們更不喜歡洛杉磯來的狗腿子。我們就是不喜歡你們這種人！」

我把椅子向後一推。「好吧！」我說：「我也不在乎你喜歡什麼，不喜歡什麼。我的執照可是加州發的，在加州我有權做我的工作，我現在正在辦我的業務。我已經回答過你問的問題，你要再問隨便什麼事，我都可以不必回答。我不喜歡背後把我雇主的私事拿來隨便討論，不過，我對警察一向採取合作態度。我現在開始不說話了，假如你要我找個律師，我可以馬上找一個來。」

「先別衝動。」他說。

「你也該向後退一些。」我說。

他說：「你的樣子，不像可以說那麼大話的人。」

露薏道：「你那麼大個子，碰到他也說不出大話來。」

警官看向我，他說：一賴，你在這裡多久了？」

我告訴他。

「你住在什麼地方？」

我告訴他。

「你跑來跑去用什麼交通工具？」

「我租了一輛車。」

他突然警覺起來。「不錯，不錯，」他說：「我現在再問你一些事情。你聽說過凡利荷的路界汽車旅館嗎？」

「我應該聽到過嗎？」

「有人開了一輛租來的車子去過凡利荷的路界汽車旅館，我們真的很希望知道他是什麼人。」

「為什麼？」

「因為可能是那個人謀殺了賈道德。」

我不表示意見。

警官又仔細看我。「這下你沒有話說了吧，賴？」

「我倒不知道你們對外縣市的偵探恨到這種程度，竟然想把謀殺罪也推到他身上去。」我告訴他說。

「那倒不至於。」他說：「你也別慌。只要不在這裡瞎搗亂，也不致於倒楣到如此程度。這裡是有法律的地方，我們不欺來客，當然我們也不喜歡他們投機取巧。」

我點點頭。

門上敲門聲響起，敲幾下，停了一下，又敲幾下，停一下，再敲幾下。

苗露薏突然站起來道：「這是我鄰居太太，我去開門。」

警官說：「可以，我也想見見你鄰居太太。不論什麼情況，現在我是這裡的發言人。過來，賴，到客廳去，我不願意你留在我看不到的地方。」

「你不必一定要兩隻眼睛看住我。」我告訴他：「我懂我該怎麼辦，尤其我不會超過規定範圍的。至少你知道我是什麼人，對嗎？」

「當然。」他說：「我的名字叫尹慕馬。這件事，我們是支援凡利荷警方的。你老實，我們就放你一馬。你不老實，我們……」

苗露薏走出去。

苗露薏把門打開了。

裘羅琳道：「露薏，抱歉這時候打擾你，但是我的糖用完了。豪西發狂似地在作畫。我才煮好咖啡，發現忘了買糖。想問你……喔！萬先生，你怎麼會在這裡？」

「我去拿糖。」露薏道。

尹警官看向我，又看著裘羅琳。

「萬先生？」他問。

「是啊！」她說：「萬先生。他是藝術品推銷家，也或許自己就是收藏家？……至少我們推測他沒有錯。他買了我丈夫一張畫。」

苗露薏帶了一杯白糖自廚房出來。

「你說什麼來著？」

尹警官從口袋掏出那只裝有警章和警員身分的皮夾。

「請進來，」他說：「進來坐，告訴我這位萬先生——他做過些什麼來著？」一面把皮夾翻開來，給她看這些東西。

「我們對他也不十分清楚。」她說：「他把我丈夫畫的一幅『撒哈拉的太陽』買了去。」

「你的丈夫……？」

「裘豪西。」

尹警官轉頭看向苗露薏。「鄰居？」他問。

「她是賈道德的表妹。」露薏道。

「有意思，有意思，」尹警官說：「而你說這個人姓萬？」

「有什麼不對嗎？」羅琳道。

苗露薏道：「羅琳，道德死了。」

「等一下，等一下，」尹警官大叫道：「我說過由我來發言。現在，請你們大家都坐下來，我們要弄弄清楚。由我來發問，我不喜歡小組會議。」

尹警官轉向裘羅琳：「據我知道，這個人從你丈夫那裡買下了一幅畫。他自己說姤萬。他說了些話使你們認為他是藝術品推銷商，對不對？」

她問：「道德怎麼樣了？」

「這傢伙是自己找上門來的？」

「是……你請先告訴我有關道德的事好嗎？到底他怎麼了，怎麼說……死了？」

「我會慢慢說到的。」

「他被謀殺了。」露薏道。

「他媽的！給我閉嘴！」尹警官大叫道：「這件事該由我來講。」

他轉回向羅琳。「這傢伙在你們公寓的時候，有談到賈道德嗎？」

她搖搖頭。「沒有。」

「你們談些什麼？」

「只談我丈夫的畫。他對我丈夫很欣賞。他買了一張，又好像一定會買另外一張。這位先生對現代畫還真在行。他給我丈夫很多構想，他給了他作畫的力量。」

「根本沒有談起賈道德？」

她搖搖頭。

「這傢伙有沒有請求你丈夫試著和賈道德聯絡？」

「沒有，他沒有。他們說他的畫，他作畫的特性。我的丈夫和賈道德談過話。萬先生沒有任何要求。」

「等一下，我們把事情弄弄清楚。昨天晚上，你丈夫和賈道德曾經通過電話？」

「有。」

「當了這傢伙的面？」

「他在那裡。」

「他有聽到？」

「他根本沒有心思去聽。他在和我講話。當然我丈夫喝了酒，很興奮，說話聲音夠響的。」

「你丈夫說了些什麼？」

「他告訴他畫的事。尤其是——賣掉畫的事情。」

「你丈夫知道賈道德在哪裡？」

「當然。」

「怎麼會？」

「道德告訴他他會在哪裡。」

「那是哪裡？」

「凡利荷的路界汽車旅館。登記的名字是鄭道德。」

苗露薏道：「豈有此理！這位私家偵探是來……」

「閉嘴！」尹慕馬大喊道：「你再插嘴，我把你鎖在洗手間裡去！」

「你有這種權利嗎？」我問。

他看向我道：「我保證我有權，小子！我在主持偵詢。」

羅琳道：「你說這個人，這位萬先生，是洛杉磯來的私家偵探，他來的目的……」

羅琳轉向我，滿臉怒意。

「你……你這個可惡……！你……！」

「省點力氣！」尹說：「這種事我比你內行。」他轉向我：「說！」他向我道：「我們來聽聽你怎麼講。」

「你不是說這裡只有你一個人可以發言嗎？」

「我說過，但現在我要聽你的。」

「對我而言，我在看戲，到目前為止，你已越弄越糊塗了。」我說，「還是由你繼續混比較省力。」

他臉色一下變紅，一陣風來到我椅子前面，右手揮拳作勢，向下怒視著我。

我坐在那裡穩如泰山。

「原來如此！」他說：「你是自始至終知道賈道德在那裡的。」

「苗露薏也知道的。」我說：「裘豪西也知道的，裘羅琳也知道的。」

羅琳對尹警官道：「你不是要揍他嗎？揍啊！我希望你揍他。」

「他不敢揍我的，羅琳。」我說：「那是他們想要你告訴他們事情時的表面標準姿勢。」

「喔?那是你的想法?」他揮手向我道:「看我敢……」

他在中途停下。

「哈!哈!」我說:「我要回我旅社去了。」

「你不要夢想了。」他告訴我。

「我正是如此在做。」我說:「當然,你有權把我送去暫時拘留起來,不過,我一定會控告你惡性無故濫用職權。」

「我不喜歡你的態度。」

「我也不喜歡你的態度。你是在盡忠職守,但是紅眉毛綠眼睛對我就是不行。我正是吃軟不吃硬的。我也不必教你,想來各人做事性格不同。」

「知道就好,我一向又硬,又粗野,下次我們見面的時候,我絕不會找有證人在旁的時候。」

「可以,」我說:「下次見了。」

我留下他們三個人,自己走出公寓。

我停在裘豪西的公寓門外，我按門鈴。我一直在回頭看，有沒有人從苗露薏公寓出來。

沒有。

第二次按鈴時裘豪西開門出來。嘴裡在叫：「什麼事一定要現在來找我，我正在忙著呢。……喔！萬先生。」

最後一句話的聲調，有如小孩開門見到了聖誕老人。

我讓他上下地握著搖我的手。讓他把左手放我肩上。

「進來！進來！」他說：「我正在畫那張畫。」

「哪張畫？」

「衝突。」他說：「一定會是轟動一時的好畫，傑作！大師級的。」

「好極了，」我告訴他：「告訴你一件事，我的名字不姓萬。我是賴唐諾。我是派出來找賈道德的。他知道我來，就躲起來了。我使你自己打電話找他。不過，據說賈道德被謀殺了。」

他的右手鬆開，左手自我肩上移開。嘴巴張得大大的看向我。

「我另外有事要告訴你。」我說：「那張『衝突』，一定要完成它。我知道你會成功。有關現代藝術，我沒有騙你。

「賈道德的死亡會引起一連串的醜聞。有不少記者會來找你要題材。假如他們看你在作畫，你只要說話對頭，他們會給你你要的宣傳的，買你畫的人會不少的。祝你好運。」

我不管他表情如何，我離開那個地方。

第六章　約會簿上的訪客

我走進認定一定會有公用電話亭的旅社，走進電話亭，把門關上，打對方收費的電話到辦公室，找柯白莎。

我聽到電話線路中白莎大叫的聲音。「叫我付電話費？他自己有開支鈔票，什麼意思要這邊付電話費？好，我來接聽……當然，我說接聽，我就付錢。沒錯，我是柯白莎，哈囉，哈囉，哈囉。」

我說：「哈囉，白莎，我是唐諾。」

「我當然知道只有你會幹這種事，憑什麼叫我付錢接電話。你有辦案費，結帳在旅社帳上，可以拿給客戶做證明。你現在這樣做，電話費付多少要月底才知道，我要費手腳！」

「別說了。」我說：「我們又遇到大困難了。」

白莎突然停止聒噪。從線上傳過來緊張的靜寂。

「白莎，你在不在聽？」我問。

「當然我在聽。出了什麼事？」

「聽著，白莎。我們不能再走錯一步。」

「好的，你說。」

我說：「我一頭撞上牆了。賈道德已經寫給費太太娜娃一封信，告訴她她丈夫的事，有關會議，有關苗露薏。這封信現在在郵寄途中。」

「他奶奶的！」白莎道：「你早就該先把這傢伙頭切下來的。」

「別亂講，白莎。」我說：「這只不過是麻煩中比較小的一樁而已。賈道德昨天晚上給謀殺了。」

「一團糟，」白莎批評道。

「還有，」我告訴她：「我們的客戶費巴侖不該昨晚乘夜航機下來，自作主張，以為可以見到賈道德，可以付錢給他解決一切困難。我怎麼勸他，他也不同意，最後我硬把他送回來了。不對頭的是他本人來了這裡，他被不少人見到過。他在我旅社裡登記過。我希望驗屍官解剖賈道德，決定死亡時間後，費巴侖在那段時間會有可靠的不在場證明。」

「當然，當然。」白莎道：「不過假如他正好在飛機上，那不是什麼都結了？」

「但是，」我說：「我不在飛機上啊！」

「什麼意思？」

我說：「我自己也混進去了。」

「喔！……喔！」

「白莎。」我說：「你馬上找到費巴侖，那封給娜娃的信是兩天之前寫妥的。是不是立即付郵，我無法知道。你叫他注意門口郵箱，要隨時看到。為他的婚姻幸福，假如他看到一封打字打的信封地址，舊金山郵戳的，要一把抓住，立即處理掉。」

「我會辦。」白莎道。

「也許信件已經到了，否則今天一定會到。」我告訴她：「今天星期三了，信是週一寫的。」

「好，我會火燒屁股一樣找到他的。唐諾，你自己混進去有多深啊？」

「我還不知道，」我說：「想來沒什麼了不起，不過我取巧了一下。」

「取個什麼巧？」

「取了個大巧。」

「老毛病！」

「目前我不相信有任何人能證明什麼。」

「那麼要好好的把尾巴藏起來。」白莎告訴我。

「我現在夾得緊緊的。有可能，我會有一大段時間不能被大家找到，」我說：「你一定要隨時在電話找得到的地方。我可能隨時要你幫忙。」

「好，隨時服務。」她說。

我把電話掛上，回到自己的旅社，拿鑰匙。

「你這裡有沒有一位客人叫費巴侖的？」我問櫃檯。

「他兩小時以前離店了。」

「他有在這裡登記住店嗎？」

「有。」

「你知道他是幾點進來的吧？」

「我可以替你查一下——假如你真想知道的話。」

我把我的名片交一張給他看。

「不會對本旅社有什麼牽連的吧？」

「一點也不會。」我告訴他：「只是想知道一下，絕對沒有什麼婚姻糾紛或醜聞。」

他說：「請等一下。」

他看一下紀錄道：「昨天晚上十點五十分。」

「十點五十分？」

「是呀。」

「不可能，」我說：「他的飛機不可能……」

「賴先生，對不起，我們紀錄要求絕對正確，用的是電動時間戳子，持司一分鐘也錯不了。你看，十點五十一分，正正確確。」

「謝了。」我說：「可能是我估計錯了。」

「老兄，不會對我們旅社有任何不利吧？」櫃員焦急地問道：「到底有沒有問題，我是說不會有什麼……？他可是單身一個人，沒有帶人來的。」

「知道。」我說：「他住哪個房？」

「四二八。」

我說：「我自己也弄糊塗時間了，反正多謝了。」

我上我房間所在的五樓。走下一層樓梯在四樓找到正在整理四一二號房的女傭。

「忙不忙？」我問。

她看向我，知道一定馬上有小帳到手，給我一個大微笑。

「沒什麼，這房間的事馬上可以結束了。」

「想賺五元小帳嗎？」我問。

「那要看做什麼事。」她很小心地說。

「跟我一起去四二八號房。」我說：「我在等一位朋友來，我希望先看一下一切是否正常。」

「那簡單，請等一下。」她說：「這裡馬上就可以完了。」

我站在門口，她把房間裡仔細再查看一下，然後推了她的清潔車，和我一起來到四二八房門外。她用通用鑰匙把門打開，我走進去四下看一看，在廢紙簍裡有一張行李掛條，那是聯合航空公司第四六一班機。

我自口袋中拿出班機時間表查四六一班次，那是空中巴士，離開洛杉機時間是下午七時，到達舊金山時間是九時正。

女傭去洗手間整理，我把每個抽屜查看一下，那張行李掛條是他遺留下來的唯一東西了。

我查看一下康京生公司的地址，找一個電話亭打電話。

一個聲音非常嬌美的女人接聽電話：「京生馬達公司。」她說。聲音性感到連我都想買它一打馬達，只為了想起她的聲音。

我告訴她，我要和康京生通電話，她說她可以接通康先生的女祕書。康先生的女祕書也有一個性感美好的低音。我在想，這些女郎在他們開會時，會不會也是招待小姐。

「我是賴唐諾。」我說：「我想見康京生先生，為的是一件對他很重要的大事。」

「你和康先生約好了嗎？」

「你該知道沒有約好，」我說：「要不然你不會問，對嗎，妹子？」

她銀鈴似地笑起來。她說：「好吧，你一定很聰明，你自然瞭解，我的下一個問題是你是什麼人？有什麼事找康先生？所以我也只好直接發問，不必轉彎抹角了。」

「你就轉彎抹角一下吧。」

「算了，你說吧。」

我說：「我是洛杉磯來的私家偵探。」

「一個私家偵探？」

「沒錯。」

對方聲音變得冷淡又小心起來。「那你要見康先生，有什麼貴幹？」

「說一下在上次舊金山，你們公司開大會時發生的事情。」

「抱歉，康先生才出去一兩分鐘，吃飯去了。下午上班前是回不來了。假如你能告訴我，是什麼事情內容的話……」

「我特別要問他，有關一位賈道德的人給他的一封信。我想知道當警察發現了這封信的時候，他要怎麼辦？」

「那封信寫信的人，你說叫什麼名字來著？」

「賈，西貝賈。賈道德。」

她說：「等一下，我來試試看有沒有辦法和康先生聯絡上。」

對方靜寂了一陣，我聽到最後幾句話的尾音。過了一下，一個男人的聲音接聽道：「我是康京生。」

「喔！康先生，你好。我以為你出去午餐去了。」

「他們在樓下把我拖回來了。你說什麼可能已經有人寫給我的一封信，怎麼回事？」

「有這麼一封信，在控訴你怎樣利用美色，用犯罪的方式戕害人類靈魂，目的是為了促銷商品。」

「嗨！你在說什麼啊？」

「賈道德。」

「我不認識什麼假道德，真道德，我根本不知道你在說什麼。」

「假如你在吃午飯之前能見我一下，我可以給你一些資訊，萬一警方突然光臨，你就不會手足無措。」

「你現在在哪？」

我把旅社名字告訴他。

他猶豫了一下，「你說你叫什麼名字來著？」

「賴唐諾。」

「你坐計程車立即到我這裡來。我不知道你在說什麼。不過，一位男人給另外一個男人開這一類玩笑的時候，我希望面對面看著他，看他玩得出什麼花樣來。」

「就來！」我說。

我坐計程車，十五分鐘之後，我走進康先生辦公室。坐在秘書位的美麗女郎，金色頭髮，深紫色眼珠。我一走進去，她就知道我是什麼人。

「我是轉彎抹角能手吧？」她說。

「專家。」

「康先生在等你，請自己進去。」

我推開寫明是康京生的辦公室門。

他四十左右年紀，運動員身材，棕色有鬈頭髮，冷冷的藍鋼色眼睛，一看就知道他的反應極快。

我推門時他自椅子上跳起來，一下到我面前，伸出手來只短短的接觸了一下。他說：「你不像一個私家偵探。」

「謝謝。」

「謝什麼？」

「我試著不要去像。」

「像什麼？」

「像偵探啊！」

「為什麼？」

「偵探而不像偵探，才能做偵探。」

「我想像中的你們，一定高個子，結實，大腳，自以為好身材。」

「你電視看多了。」我告訴他。

「也許，也許，」他大笑：「請坐，你有什麼事找我？」

「我對賈道德比你清楚。」我說，一面坐下來。

「賴，我們兩個先把立場搞清楚。我根本不認識什麼賈道德。你電話中提到，你要和我談上一次我們的會議。」

「苗露薏。」

「苗露薏怎麼樣？」

「你認識她嗎？」

「現在怎麼改成由你發問了呢？」

「有客戶付我錢叫我問話的。」

「你想知道苗露薏什麼？」

我說：「苗露薏的一切我都知道。我知道她把費巴侖灌醉。我知道賈道德他給了你一封信，威脅要對付你。我認為你應該把內情告訴我。」

「憑什麼？」

「賈道德得罪了太多人。」

「很多人得罪過很多人。」他說：「再說，我根本沒見過賈道德。」

「賈道德自己認為，拯救人類的靈魂是他個人的職責。他要把色情趕出人類社會。他不喜歡利用色情促銷。」

「這是件大工程，一個人幹，未免太累了一點。」康先生表示意見地說，兩隻眼睛一直在看我。

「所以，」我繼續道：「他給你一封信，說這些後果要你個人自己負擔。

說你是引誘他太太犯罪的……」

「他太太！」京生喊出來道，人自椅子上半站起來。

「當然，」我說：「他們離婚了。但是他仍舊對她有情……」

「老天！我根本不知道他是她前夫。」

「這才像話。」我說：「現在，假如你肯大家開門見山，我還有很多對你有好處的消息，要告訴你。」

「什麼？」

「有人跟蹤那位賈道德先生到凡利荷的一家汽車旅館，走進賈先生的房間，把他弄得蒙主召歸了。」

「永遠拜拜了？」

「有效，可靠，永久，一了百了。」

「他……他……被……」

「說啊！」我說：「為什麼停下來？」

「被謀殺了？」

「正是，被謀殺了。」

一度他不知道怎麼辦，隨即他坐在那裡思考了一下。他藍鋼色的眼珠看在桌上寫字墊上。我可以看到他腦子正在開足馬力。

「你認為這消息會對我有利？」他問。

「會。」

「憑什麼？」

「你可以把自己一方的故事先重組一下。當警方來找你的時候，不會手足無措。」

「假如賈道德沒有寫什麼信給我？」

我說：「這傢伙用打字機寫信。我認為你假如硬說他沒有給你信，而警方在他檔案裡發現給你信的複印紙拷貝，你會窘得無地自容的。」

「你為什麼來提醒我？」

「我要知道一些事情。」

「哪些事情？」

「要知道你收到他信件後，採取了什麼步驟對付他。」

「步驟？」

「找私家偵探？報警？問律師？還有隨便什麼你要保護你自己的步驟。據我看，你不像是個坐以待斃的人，你會重重反擊的。」

突然，康京生雙目向我，冷冷地道：「你在說話，請你再說詳細一點，有關那謀殺，你知道些什麼？」

「首先，」我說：「我要你告訴我有關露薏的一切。」

他一點也不猶豫。他說：「我認識露薏三、四年了。那時她的婚姻才觸礁。我當然不知道她丈夫是什麼賈道德。賈道德是個神經病，我從沒見到過他。他寫過兩次信給我。我把他歸類於神經不正常一型。他的信，我撕掉丟進了字紙簍。

「這兩年來，苗露薏為我工作。只要有會議，她就來服務。我有不少海灘電影宣傳品，她以泳裝出現，摩托船上有她，滑水也有她。

「在會議後的促銷派對上，她招待客戶，使他們賓至如歸。我放電影時，她不斷倒酒。會議都在私人場地開的。這些場地，都是在與大會同一旅社中另外開的房間。其他也沒什麼特別的。現在，請你告訴我賈道德死亡的一切有關事件。」

我說：「他被發現死在凡利荷路界汽車旅館二十四號房裡。他登記用鄭道德。他是當天下午到達的，他去那裡，什麼目的也沒有，只是不要被人找到，可以專心睡覺和寫信。我不知道在那裡他還寫了多少封信。」

「這倒是很有趣的一個問題。」京生思索地說。

我不吭氣，他還在想，而後他說：「賴兄，你在這件事中居於什麼地位呢？」

我說：「我代表一個客戶。我不能告訴你他的名字。我可以告訴你，他也收到一封信。這封信有威脅成份。」

「每封賈道德的信，都有威脅成份的。」康京生說：「賴，你很老實，把實況告訴我。我也應該把我這一方情況告訴你。我是推銷人，我自己不是發明者。我選上這一種新發明，給它一個京生一號的名字，為的是我認為這種新摩托有它的前途。我不知道你對體外——或可以稱船體外——引擎，有什麼認識。但是，我們的體外引擎有一個可變傾斜度的推進葉板，我們已完全搞好，它的價格絕對可與任何公司競爭。

「你應該懂得這意味著什麼。這種引擎轉速快，葉板傾斜決定前進後退的速度及扭力。一般的船要如此，必須要用排檔，甚至換引擎，換馬達。

「滑水時的拖船，更要一下子從零速轉向高速，否則，你沒有辦法把一入水的滑水人，馬上從水上拖起來滑水，船速一慢，人就沉了下去。所以，拖船更是要用這種引擎了。」

「我懂了。」我說。

「當然，這麼一來，我的所有競爭者都看我不順眼，一切的手段都用出來抵制我。有的告我專利不對，有的要向我收買，有的要向原發明人出資把我趕出去，反正用盡了一切手段。

「我本來在想，所謂賈道德這件案子不過是另一手段而已。」

「憑什麼你如此認為呢？」

「那封信的措詞。賴，你見過世面。你知道這種促銷大會。開會是假，藉機會招待一下客戶是真。用美女來招待，自古以來最受客戶歡迎。我付錢給美女，希望她們招待可能的買主，又有什麼不對？客戶酒杯一空，馬上有人伺候上酒，建立他們的自大狂，她們也有限度的被吃吃豆腐，目的為了要他們買下引擎。」

「會後呢？」

「會後不是我們的事啊！他們都是成年人，我們管不著。我們只管前一段，對嗎？」

「賈道德被謀殺了，」我說：「這件事背景很複雜。」

「複雜是一定的。」他說：「你能確定苗露薏曾經和賈道德結過婚？」

「那是一定不錯的。昨晚上，你在哪裡？」

「什麼時候？」

「我還沒知道正確時間。」

「我要先弄清楚。」

「連我都需要先弄清楚。你有不在場證明嗎？」

「你說什麼呀？誰會懷疑到我身上來呢？」

「不會嗎？」我帶一點揶揄地問。

「老天，賴，別七搞八搞了，他對我一毛錢不值。我只不過知道有這麼一個人，他的信早已進了廢紙簍了。」

「和他說過話嗎？」

「老天，沒有！」

「費巴侖和苗露薏之間的友情，到底發展到什麼階段？」

「我從不過問這種事。」

「他們公開在一起最後一刻，你看進行到什麼階段？」

「他猛把香檳往肚裡送。大聲地說口渴。」

「露薏呢？」

「一直給他倒酒。」

「為什麼？」

「那是一招常用的方法。」他說：「我不是挺喜歡，但在這種場合，我也不加阻止。」

「什麼意思？」

「把他弄醉，所以指定招待他的小姐可以趁他嘔吐的時候脫身。」

「巴侖吐了嗎？」

「老兄，我不能跟他們去廁所吧！」

我說：「姓費的好像很適合這種場合的。」

「他，是那種長期，自怨自艾……」突然他停嘴不再說下去。

「顧客。」我說。

「可能的買主。」他糾正我，又接著道：「我承認我接到過兩封道德想入非非的來信。我現在也想不起他到底是怎樣說的，反正是怎樣救我自己的靈魂。我反正看過了，把信揑成一團，拋進廢紙簍去，又把信封也拋進去。」

我說：「我注意到你的秘書有一本約會簿。我進來時，她曾把那本小本子打開。不知道對每一位來訪的客人，是不是都有記錄？」

「有什麼不對嗎？」他問。

我說：「萬一昨天下午你去凡利荷之前，賈道德曾經到這裡來拜訪過你，你最好把這一段記錄消去。」

「你怎麼會想到他來看過我？」

「只是一種想法而已。」

「但是他沒有來過。」

「我也沒有說他有。我說假如他有，你最好把這段記錄消去。」

「他的名字不會在小本子裡。」康京生道。

「你真幸運。」我說。

我站起來，「我反正該做的都做了。我也給了你好處，告訴你這件謀殺案了。」

我伸出手去。

他花了點時間才伸手和我相握。「賴，你為什麼想到要來這裡呢？」

「我來找線索。」我說。

「你沒有得到什麼線索啊！」他說。

我向他痴笑。「目前沒有。」我們握手。

我走出去。

「再見了。」性感的秘書小姐說。

「拜拜。」我說。

我走出走道，站在那裡大約七秒鐘，轉身把門打開。

秘書小姐不在位置上。我走過接待室，突然把康京生私人辦公室門一下打開。

秘書正彎身向著辦公桌。康京生正用橡皮在猛擦那鋪開在他桌子上小約會本子上的某一行。他們聚精會神，根本沒注意到我。

「這樣可以了。」京生道。

她噘起小嘴，把頭側至一側。「不錯，我另外再寫一個別人名字上去好了。」她說：「擦掉的地方到底毛了一點。」

我說：「謝謝，現在我有了我要的線索了。」

他們倆跳起來，有如小孩偷糖吃被抓個正著。

康京生反應快，立即恢復正常。「好了，麗泰。」他說：「就把賴唐諾的名字寫在這一行上面好了。」

秘書彎下身子來在這一行上寫字。她把一隻小腿彎成九十度。那秘書的身材真不賴。

「以為這樣就可以了嗎，康先生？」我問。

「在記錄本子，這樣出不了問題了。」他說：「再說，你先生下次光顧我，絕不會小看於你。」

「謝了。」我說：「現在請告訴我，那賈道德光顧的時候，這裡發生什麼情形了？」

「我把他趕了出去。」

「肢體衝突？」

「行動表示，是的，用手把他推出去。」

「此後呢？」

「我雇了私家偵探去摸他的底。」

「摸到什麼？」

「目前沒有。他們沒有跟蹤到他，所以尚在摸索階段。賴，我認為我找的人選不如你好。」

麗泰轉身看向我。她眼光中有欣賞的味道。她說：「我看他們差太多了。」

我看向她眼睛。「看來連我都想買條船了。」

「賴先生，連引擎一起，我們可以便宜出售。」

「算數，」我說：「告訴你老闆，有什麼特別情況發生，要通知我喔。」

我轉身，走出他們辦公室。這次是真走了。

第七章　致命傷

我離開旅社，首先確定沒有人在跟蹤我，走過兩條街找了輛計程車來到超市快餐部，拿到我留在那裡的手提箱。手提箱裡有鑰匙、信件的複印紙副本及我在賈道德公寓搜到的皮面日記本。

我請計程司機開快車到奧克蘭機場，正好趕上一班飛機到薩克曼多。在薩克曼多，又接一班洛杉磯直飛薩克曼多轉雷諾的班機。

在飛機上，我有時間打開賈道德的日記本。日記始自四年前的元月一日。開始都是一般瑣事，沒有特別的，而且還有收支帳。

在四月十五日下面有一行：「祖父對我越來越疏遠了，當不可避免的事發生時，對我來說，和他是永別了。正如L說的：親情不一定就是鐵票。」

第二天只有一段：「L問我有沒有見到祖父的眼睛老在注視護士，跟著她在房內亂轉。女人對這種事比較敏感，經她一說，我也注意到這是事實。祖父對護士賀小姐非常欣賞。她要趁機撿便宜，似乎不太合乎護士倫理，但是L堅持這就是H的陰謀。有一點我們可以不必擔心，祖父已不是原來的祖父。身體不如舊日，心理也完全改變了。他年紀不輕了，卻仍希望能有以前那種體力。老人在年輕時一定也很風流的。我幼時也多少聽到過一些傳聞。老天，萬一……在最後一刻，賀小姐使他發瘋到改變了他的遺囑……我甚至不願也不堪想到這一招。我真不願把我的想法寫進日記裡去，但是我自己發過誓要對我的日記忠心，心中的話要寫出來。我自然想到的也不能偽裝。我承認L讓我擔心了。」

第二天，只有簡短一句話：「L來找我，我完全反對她心中所想的方法。」

下面沒有再記。

又第二天：「L也許是對的。但我怎麼可以……」

次日：「L進屋時祖父在吻賀。她坐在他床邊。L大怒。她催我快執行她的計劃。」

次日的日記很簡單：「祖父在上午九點卅分死亡。」

又次日空白。

下一日，日記上如此記載：「電話不斷在響，我知道這是L。我不要聽電話。我不能面對一些情況──至少目前不能。」

次日，日記上寫道：「那葬禮。我永遠不會忘記我站在棺木旁邊，向下看祖父的遺容，臉如蠟色。冷酷而一點不動的軀體，看來有僵硬的感覺。參加葬禮的其他親友會怎麼想呢？他們到底不能看透我的心思──但願他們不能。L是祖父以前最喜歡的孫子輩。她滿臉淚水，但是看得出努力在抑制悲傷，不致大哭出聲。真是天才的表情。女人的心，真難令人瞭解。」

次日，日記上寫著：「我真希望我未曾站在祖父棺木前，向下觀看他的遺容。幾年前，在他尚還沒有老昏之前，我一直在想，他深藍的眼珠一定能看透我的心靈。他對人性看得很正確，但是他自以為是，而且固執不化。我也有過感覺，終要到有一天他死了，我在做錯事的時候就不會再怕和他眼對眼的互視了。否則，即使他閉上眼，我光看他臉，還是會暗中害怕的。眼睛閉起的他，反而多了一層執著感。睡在棺木中的他死了，但是沒有走。昨晚我睡了一小時，其他時間都是瞪眼看天亮。睡醒時一身冷汗，有一種感覺，祖父彎身向床在看我，眼光中有他特殊的執著感。」

次一日：「遺囑今天公開了。正如我們知道，賀在這裡沒有得到一分錢。當然，她也沒到場，不過我知道，事先她藉故打過電話給律師，問三問四，目的自然是想知道祖父有沒有在遺囑中提到過她，或是最近改過遺囑。時間不夠，她的釣鉤尚未釣到東西。我現在知道L是完全對的。」

我看了他的這些記載後，因為沒有與這件事有關的，所以隨看隨翻。注意到的一點是，賈道德的性格改變得厲害。有一段記載如下：「我現在對於放下屠刀立地成佛，感到十分有理。想想看，我這種人也可以成佛，成佛也許真是最後一個希望了。我要一生致力於成佛，不但要自己放下屠刀，也要別人放下屠刀。」

在他祖父逝世六個月之後，日記中每一點都顯出他精神疾病日益嚴重，其中一段有云：「苗露薏告訴我要離婚，世界末日到了。」

此後就再也沒有記載了。

我看完這些東西，飛機到了雷諾。我把賈道德的鑰匙放在口袋中。把所有其他東西放在手提箱裡。我叫一輛計程車來到河濱旅社，對門口的門僮說道：「把這手提箱放在你這裡好嗎？」

他給了我一張收條。我給他一元作小費，我把收條放在帽子裡面的汗帶裡，又乘計程車回到機場。

我乘過來的飛機是一架很大的飛機，只在機場停留一下就要飛回頭路的。我看時間尚有十分鐘，可以給白莎打一個電話。

「你死在雷諾幹什麼？」她問。

「叫人找不到。」我說。

「不出來行嗎？」她說：「有兩個人找你。」

「什麼人？」我問。

「都姓費。」

「在哪裡？」

「當然在舊金山，你以為在哪裡？」

「有什麼不對嗎？」

「什麼都不對了。我也一直在找你。娜娃自己撿到了那渾蛋神經病寄來的信。她緊追不放，那姓費的小子一面把指關節壓得啪嗒啪嗒亂響，一面一五一十的招了出來。他們倆個人現在一起到舊金山去找你。」

「什麼時候？」

「他們在一小時之前離開這裡的辦公室。」

「她是怎麼樣一個女人，白莎？」我問。

「長期自願吃苦，古派的好女人。人仁慈，有耐性，很甜，媽媽型——她那種女孩子，小時候在家裡大家都不放在心上；所有家中女孩子都結了婚，只有她未嫁陪爸爸。她任勞任怨，她背十字架，她一生從來也沒有生過氣。」

「甚至發現她丈夫在別的女人家裡睡了一晚，也不生氣？」

「你錯了。」白莎道：「她不會生氣。她有點理想遭到幻滅了的樣子。她對道德有自己評估的原則，她不允許不貞。假如費巴侖所言不虛，她會原諒他。假如不是那回事，她會找律師解決。」

「信怎麼會到她手的呢？我不是叫費先生一定要半途截下來的嗎？」

「那是你想。他想，他弄糟了。」

「好吧！」我說：「我要先避避風頭，等這一陣熱風冷一冷。不過我想我最好能回去。我會在一小時半之後在舊金山。」

飛機準時到達。我坐機場巴士在聖法蘭西斯旅社下車，走到我原來訂的旅社去。

費巴侖和他太太先我而在旅社中。

費巴侖看到我走進大廳，他跳起來喊叫道：「他來了，娜娃，這不是他來了嗎？」

一位稍稍骨架大一點，神情嚴肅的家庭主婦，向我慈祥地笑一笑。

費巴侖過來介紹。「賴先生，這位娜娃是我太太。這位是賴唐諾先生，我向你提起過他。他可以告訴你，到底發生了什麼事。」

我走到櫃檯去，把我的鑰匙取到手。櫃檯上沒有人有什麼留言。我向他們倆說：「要上去談嗎？」

他們點點頭，我們一同擠進那架搖搖晃晃的電梯。我一路在研究，這電梯為什麼看來比房子還要老舊。

我本來可以選在一樓的中層迴廊上和他們兩個談話，但是我要多一點時間來觀察娜娃，並且研究怎樣才是最好的進行方式。

要研究一個會談的正確進行方式，確實很花時間的。

我把房門關上。娜娃自顧坐向房間中唯一最舒服的一張坐椅，看向我道：「我要整個故事；每一點事實。賴先生，我是一個有原則的人。對和錯之間有一條明顯的分界線。我已經嫁了費巴侖，好壞都是命。小的錯誤，我可以接受；不忠是犯了我的大忌，我不能原諒。」

「沒有人要你原諒，親愛的。」費巴侖道。把右手的中指關節帕嗒一下弄得很響，像是手槍聲音一樣。

娜娃的態度有如一個小學老師很有耐心地在訓一個吐人口水的學童，希望學童的頭是低著的。

她使我自己回憶到學童時代。我有點想說：「是的，太太。」

我說：「對方是一個精神失常的人，費太太。」

「說下去。」

「賈道德，」我說：「是寫那封信的人。他患有『有罪症候群』。他認為他要打擊世界上一切罪惡，來拯救這個世界。」

她連眼皮也不眨一下。「也許他有他的觀點在，我要和賈道德先生見個面談一談。」

「不可能。」我說。

她把下巴抬起一些來。「我不懂為什麼不可能，賴先生。我聽到過巴侖這一面的說法，我要聽聽苗小姐的說法，我也要聽聽賈先生的說法。」

「你不可能和賈先生談話，」我說：「他已經死了。」

「死了？」

「是的，死了。」

「我不相信。」

「顯然，」我說：「他是自殺了。他也正是這一種會自殺的人。他把自己逼成瘋子，不斷自己責備自己的靈魂，終於自己承受不起了。」

「我寫了封信要給他。」她說。

「真的嗎？信……你帶來了嗎？」

「帶來了。」

我等著。她沒有要拿出來的打算。

費巴侖道：「賈道德完全把這件事誤解了。我對娜娃解釋過。我是喝酒喝多了……」

「喝酒喝多，我不怪你。」娜娃說。

「而我在那天晚上，不知怎樣睡在一位小姐客廳裡的沙發上。」費巴侖把話講完。

「我不能原諒不忠。」娜娃斬釘截鐵地說。

「這一點你放心，」我說：「不忠倒是沒有的。」

「你們男人一鼻孔出氣。」她說：「賈道德顯然不是這樣想的。」

「賈道德當晚不在現場。」我告訴他。

「你也不在啊！」她反駁道。

「好吧，」我說：「我們一起去看苗露薏。她在現場。我們來聽聽她說些什麼。」

「娜娃親愛的，」費巴侖道：「我保證什麼事也沒有發生，保證。」

娜娃衝著他堅決地說：「巴侖，我們希望沒有事。這種事，我一輩子不會原諒的。」

我決定不能以電話和苗露薏聯絡。也許她想知道到底出了什麼事，萬一她知道嚴重性，又萬一她要有條件的，就不好辦了。

我們一行來到西利亞公寓。街燈已亮，來自海外的一陣霧，約有一百五十尺高，正慢慢地灌進港來。在霧下的空氣是冷的，巴侖在衣服裡顫抖。

娜娃非常鎮定。她依一定的步伐，緩慢而有效地前進，非常有自己的決斷性。她知道自己要做什麼，要如何去做。

在西利亞公寓門口，我假裝按苗露薏的門鈴，實際上我是按了兩個不相干的別人家門鈴。其中一家隨便就把下面的大門打開了。我們直接前往苗露薏的門口，她自己一點也不知道。

我再按她門口的門鈴，公寓裡響起鈴聲。

露薏一下把門打開。

「又是你？」她說。

她顯然正要外出，穿了一套小晚禮服，全身曲線玲瓏，一一顯現。

她看了費巴侖一眼。

「老天！」她說：「你來幹什麼？」

費巴侖走向前一步。

「苗小姐，這位是我太太。」他介紹道。

苗露薏退後一步，有如每一個女人見到不願見到的人時相同的反應。

費太太藉機大步進入公寓，一面說道：「賈太太，我想和你談談，關於那一次開會之夜這裡發生的事情。」

費巴侖猶豫地看向我。

我跟了娜娃進入房間。除此之外，真的不知怎麼做才好。看來露薏有約會要準時前往，我決定在我們被趕出去之前，多留一刻是一刻。

苗露薏揶揄地言道：「原來如此。不必客氣。」

「歡迎，歡迎，歡迎，」一個男人聲音出聲：「我們的偵探怎麼又重現江湖了？」

尹慕馬坐在沙發上，兩根手指夾著雪茄，在他手肘旁有一只菸灰缸，一個玻璃杯。玻璃杯空著，菸灰缸倒是半滿的。他顯然已在這裡夠久了。

「坐下來，坐下來，」尹警官道：「每一個人。你們倒省了我不少時間。」

「我能不能先問一下，這位先生是什麼人？」費太太問。神情有如中世紀的保母發現她護著的小姐床上，出現了一個男人。

我急忙出口，免得別人再擋在我的前面。我說：「這位是尹慕馬警官，他是兇殺組的。他認為賈道德是被謀殺的。他和凡利荷的警方在合作調查，現在正在東奔西走，想要找人裝榫頭。」

「謝謝你，謝謝你，賴。」尹警官道，「你把一個問題簡單化了。什麼叫做我認為賈道德是被謀殺的？」

「我認為他是自殺的。」我說：「他有『有罪的症候群』，他有自殺傾向。」

「所以你認為他自己殺死自己？」尹問。

我慎重其事，堅決地點點頭。

「那麼，請你告訴我們他把兇器怎麼處理了？」

「自殺不一定要兇器呀！」

「當我發現一個人被一槍致命，現場又沒有兇器，我叫他謀殺。」

「別傻了。」我說：「犯罪史中有很多次，一個人自殺之後，別人進來把兇器拿走了。」

「對於本案，你有什麼特定的對象，進來把兇器拿走嗎？」尹慕馬問。

「絕對沒有。」

費娜娃說：「尹先生，今天能夠在這裡正好見到你，真是非常幸運。」

「我也有同感。」

「對不起，」苗露薏道：「我自己有一個約會，我必須走了。我不想再在這裡受罪。我要求各位幫個忙，離開我的家。在你們來之前，我已經告訴尹先生，他要再不離開，我就要叫警察了。尹先生厚了臉皮說不會有用，因為他自己就是警察。不過，無論如何，我現在要走了，隨便你們走不走，我都要走了。」

娜娃看她一下，又轉頭向尹警官，有如剛才苗露薏根本沒有發言。她說：「我是費娜娃。我的丈夫有一晚和苗露薏一起在這裡過夜。賈先主寫封信給我說發生了什麼事。我的丈夫雇了私家偵探——這位賴唐諾，叫他把事情擺平。我還沒有能知道……」

尹警官自沙發中突然跳起來。不在乎、揶揄的臉色一掃而空，換之而來的是獵犬樣的警覺。

「信在身上嗎，費太太？」

「在。」

他把手伸出來。

她猶豫著。

「拿來給我。」他說。

「這種信，我不希望落入別人的眼……」

「拿來給我，」他說：「這是證據。這是件刑事案，你要是有證據不拿出來，你就犯法。把信拿來給我。」

她把皮包打開，把信自皮包中取出來。

尹慕馬把信仔細看一遍。一聲輕輕的口哨自他口中吹出。

「費太太，這封信怎麼到你手上的？」我問。

「郵局寄來的。」

「是今天早上嗎？」

「是的。」

「專送嗎？」我問。

「對這一點，我認為我不一定要回答你的問題。賴先生，信在我手上，當然是我收到了這封信。」

「不過，」我說：「有一個問題將來可能變成非常重要，就是這封信是什麼時候郵寄的，又自什麼地方郵寄的。到底信是從凡利荷寄出的呢？還是從舊金山寄出的？郵戳上的時間也十分重要。這封信原來的信封在哪裡？」

「我抛掉了。」

尹警官說：「茫茫然的一個兇案裡，居然出現了一點曙光。你說你的先生雇了賴唐諾來把這件事擺平？」

「是的。」

「你怎麼知道的？」

「他告訴我的。」

「這個賴？」他用大姆指向我的方向翹兩下。

「不是他告訴我的。是我先生告訴我的。」她說。

「嘿！事情越來越清楚了。」尹警官說。

「另外有件事。」她說：「我的先生和賴是保持聯絡的。我相信這裡發生了什麼情況，賴要我先生緊急地飛來這裡。」

「帶了你來？」尹問。

「沒有，沒有。」她說：「第一次他下來是一個人，昨天晚上。」

「昨天晚上！」

「是的。」

「什麼時候？」

「我不知道。」她說：「我自己也問過我先生，我覺得他故意避諱回答我的問題。他只告訴我，他乘的是午夜班機。」

「親愛的，我告訴你的是實況呀。」費巴侖說，一面壓響他的指關節：「娜娃，你怎麼對我一點信心也沒有？」

她鎮靜地回答他：「我希望重建對你的信心啊。」

「午夜班機，嗯？」尹警官說。

費巴侖又壓響了一個指關節。

「你急著來這裡，是為了什麼原因？」尹問。

「來和賴先生談點事情。」

費娜娃對尹警官道：「你知道，賴先生在傍晚打電話給我先生，告訴我先生，賈道德先生住在凡利荷的路界汽車旅館，登記的時候用了鄭道德的名字。」

「真的啊！」尹警官叫出聲來，聲音像獵犬找上了正確的獸穴味道。

娜娃點點頭。

「你怎麼知道的？」尹警官問。

「我在另外一個房間，同一條線上聽到的。電話是舊金山打來的。我先生接長途電話時，希望我在同一架電話上聽，這樣可以把業務電話記下來辦理。」

「聽到的詳情如何？」

「我聽到賴先生自己報姓名，說他已經找到了賈先生，說找到他不是件容易的事。他也說明了賈先生的地址。」

「說下去，」尹警官道：「電話是幾點鐘接到的？」

「下午相當晚了。我可以說賴先生大了個舌頭。他一定是喝了很多酒。」

苗露薏不著邊際地走幾步，繞到尹警官後面去。她看向費娜娃，輕搖著頭。當她看到娜娃並不瞭解她什麼意思的時候，她乾脆把手指豎在自己嘴唇上，希望娜娃能少講一些。

「如此看來，你丈夫早在傍晚之前就知道了這些消息，但是在午夜班機之前，他就是懶得去舊金山，是嗎？」

「差不多如此，他這樣告訴我的。」娜娃說。

費巴侖站在那裡，垂著頭。

「我本來要告訴他，我已經在分機上聽到一切了，我要問他誰是賴先生，為什麼要找賈道德先生。」娜娃繼續在說話：「我那先生不在意地先開口說，他有事一定要去一次辦公室，叫我在他第二天早上他回來之前不必擔心。

「他一整晚沒有回家，但是在舊金山機場打了一個電話回來，說是要回家了。」

「那是今天早上嗎？」

「是的。」

「他說過為什麼要去舊金山嗎？」

「他說是生意上的事。」

尹警官轉向費巴侖。「這一段時間，你都在做什麼？既然你早知道賈道德的地址，為什麼要等到午夜才到這裡來？」

「我在研究我該怎麼做。我一直在考慮。老實說，我一直在擔憂。」費先生道。

「巴侖，」費太太用堅定的語音道：「我現在當了那些證人的面，再最後一次的問你一句，你到底是不是乘午夜班機過來的？」

「親愛的，」他說，兩眼看向她：「我用對你的愛，向你宣誓，我是乘午夜班機過來的。」

「那麼……」娜娃鎮靜地一面說，一面自皮包中拿出一張黃黃的單據：「你怎麼會有一張租車合同扣稅聯，說是你在舊金山機場，昨天下午九點十五分，向自駕租車公司租了一輛汽車呢？」

費巴侖站在那裡，下巴垂了下來。

尹警官伸出爪子一把抓住娜娃的手腕，另一隻手一把將娜娃手中的單據搶過來，看了一下，又看向費巴侖道：「好極了，好極了，太妙了！我相信把租車公司里程紀錄查一查，可以算得出正好是機場到凡利荷的路界汽車旅館來回。」

費巴侖一下子癱瘓在一張椅子上，好像有人把他腳下在飛的毛毯抽掉了。

尹慕馬轉身，正式面對費巴侖。「好了，姓費的，」他說：「你招了吧，你自己去看賈道德。你知道他在哪裡。你飛到這裡來。你和他講不過，擺不平。你殺了他。是不是？都告訴我們。」

「我沒有殺他，我告訴你，我沒有殺他。」

「說什麼也沒有用。」尹警官說：「到目前為止，你說的謊都已經扯破了。你一隻腳都已經伸進煤氣室了。你招了對你會好一點。先招了，我答允你給你一切方便。到底發生了什麼，是不是他要動粗，你便自衛殺了他？」

「我沒有，我沒有殺他。」

「好吧，」尹警官道：「你硬到底好了。這等於是你自己把另一隻腳也搬進煤氣室去。你會聽到那含氰的藥丸掉進藥水去，嘶嘶的冒出氰氣來，你閉氣閉到喘不過來的時候，長長的吸一口氣，於是什麼都沒有了。你自己喜歡這樣，對不對？」

費巴侖的態度明顯表明他不喜歡這樣。

「這樣好了，」尹警官說：「你去過汽車旅館，對嗎？你不是已經承認你租了一輛車去那裡嗎？」

「他沒有承認過任何一件事。」我說。

尹警官惡毒地看向我。「沒你的事，你滾一邊去。」他說。

我知道現在只有我才能代替費巴侖擋一陣子，我也怕強出頭，但是誰叫費巴侖是我的客戶呢？

「怎麼叫沒我的事！」我強出頭地說：「我代表費巴侖。你不能向他抹污泥、裝榫頭，找不到犯人時，隨便找一個賴到他頭上。他目前需要一個律師。

費先生，把嘴閉緊！什麼話都不要回，不必回。什麼……」

尹警官動作很快。他比我想像中要快，而且要有力。

他一拳打在我的下巴上，整個房子轉起圈子來。我試著跟房子轉，摔在一張椅子上，連椅子一起塌垮在地上。

我感覺到尹警官彎身向我，他的手指抓向我襯衫前面。

我知道我沒有能力爬起來對付他。我把膝蓋彎起來，和他下巴成一條直線，一下子我把膝蓋和腿儘量伸直。

他退後，猶豫地未再前進。

我用手和膝蓋把自己翻過來。

「費，請個律師！」我說：「一句話也不說。不回答任何問題。請律師。你……」

一陣人為的山崩襲向我。我也不知道是一隻拳頭，還是一隻腳尖打到我的胸骨，使我閉住了氣。光圈在我眼底中閃著閃著擴大。公寓門被打開，我被摔出門去，頭先著地。

門在我身後碰上。我聽到門閂關上的聲音。

我的客戶，我的當事人關在門裡，和一位姓尹的野獸在一起。

我的帽子也在裡面。老天保佑我，千萬不要讓尹警官翻我帽子裡面的汗帶。

我坐在走道的地毯上，足足十到十五秒鐘，讓支離破碎的骨肉功能稍稍恢復。

最後，我終於站了起來。

要不是尹警官急著回去在費巴侖身上下功夫，我會被修理得更慘。

我知道，想回到那房間去，是絕無可能的事。

只希望費巴侖懂了我的苦心，從此不發一言，堅持要請個律師。

我下樓找了輛計程車回旅社，回到房間，坐下來仔細用腦子。

有兩件事情是確定的。第一件事：費巴侖現在一身是麻煩。

第二件事：我自己現在也一身是麻煩。萬一尹警官看到我的帽子，在汗帶裡找到我寄往雷諾城旅社門僮手中的手提箱，翻到賈道德的日記，我就死定了。

我正在想怎樣才能全身而退的時候，電話鈴響起。

那是柯白莎的長途電話。

「哈囉，唐諾。」她問：「事情辦好了嗎？」

「不好，」我說：「壞了。」

「娜娃去了嗎？」

「娜娃來了。」

「怎麼樣？」白莎問。

我說：「娜娃是致命傷。費巴侖到舊金山來，偷偷地租了一輛車，自己去路界汽車旅館，路界旅館就是後來賈道德屍體被發現的地方。他對他太太說了謊，他對警察說了謊，我看他即將被用預謀殺人罪起訴了。」

「你呢？」白莎問。

「萬一警方找到一件他們應該隨手可得的證據的話，」我說：「他們會起訴我是共犯，而且吊銷我們的執照。」

「他奶奶的！」白莎叫道：「這樣嚴重？唐諾，你靜下來，好好用你那不太使白莎失望的腦子，白莎現在下來，親自督陣。」

「可以，我不在旅館的話，一定在看守所。」

白莎省錢，連話都不回，把電話摔回鞍座上。

第八章　消失又再現的日記本

我坐在旅館的客房裡足足十五分鐘，試著將手上已有的拼圖碎塊，一塊塊湊起來，看能不能湊成一幅人類的悲劇圖片。

假如，費巴侖謀殺了賈道德，我沒有理由再去淌這場渾水。

假如賈道德不是費巴侖殺的，我應該盡力保護他。他是我們的客戶，他付過鈔票，還會再付鈔票。

我自己在玩火。萬一警方找到那日記本，知道我自汽車旅館屍體身上拿走了一串鑰匙，我就不能自圓其說了。這下子，他們會把我打入十八層地獄，我一輩子也爬不出來了。

要從這種情況突破，有什麼辦法，除非我知道什麼警方不知道的線索。

尹警官踢我的胸側，到現在還在刺刺作痛。我輕輕用手指按一下，看我的肋骨是不是被踢斷了。按下去的時候痛得更厲害，我還真不知道肋骨是否斷了。

我的下頜骨也在痛，那是他揍我一拳的地方。我把嘴張大，知道下頜骨倒還沒有斷。

我自椅子中站起來，全身又痠又痛。足足一分鐘後，才能開始動作。

市場街上有不少電動射擊遊戲的店，廉價的紀念品店、酒吧，和其他騙水手鈔票的陷阱。

我叫了一輛計程車來到這裡，叫司機等候。

我找到一家自助自動配鑰匙的機器。

我投幣先購了不少母鑰匙，開始工作。

對開賈道德公寓房的鑰匙，我配了兩支相同的。

做完那兩支之後，我隨便好玩似地做了各種不同的鑰匙。

做鑰匙也有很多好玩的地方。我取一支母鑰匙，愛怎麼設計就怎麼切割。

據我所知，這些鑰匙並不能開世界上任何一扇門的鎖。

我做了兩套，每套六支鑰匙。我順便在附近店鋪買了兩個皮的鑰匙夾。我把賈道德公寓複製鑰匙，在兩隻鑰匙夾中各放了一把，再把其他無用的鑰匙，分別裝在鑰匙夾中。

我把這兩個鑰匙夾帶到後街，把它們泡在陰溝水裡，把它們用腳踩，把它們在地上磨，再用手帕把它們擦乾淨，又放回到口袋裡去。

我回去旅館。

職員說有過一通電話找我。對方沒有留言，但說十五分鐘後會再打來。是個女人聲音。

我回自己的房間，用熱毛巾敷我受創的下巴，一面等著。

電話鈴響。

苗露薏的聲音在彼端發言。

「哈囉，唐諾。」她說：「你怎麼樣？」

「非常不好。」

「你走了，帽子沒有帶走。」

「我被攆出去了，帽子被迫留在你那裡了。」

她銀鈴似地笑了。她說：「你總是喜歡一字不錯地咬文嚼字。要把帽子拿回去嗎？」

「可能的話。」

「我這裡完全是開放的。」

「你在哪？在公寓嗎？」

「不是，那個公寓對每個人都太方便了，隨時可以進進出出。」

「你的客人怎麼樣了？」

「他們把他留置在裡面。」

「我的帽子在裡面？」

「沒有，在我身邊。」

「你在哪？」

「我在一家就在你旅社對面的大餐廳裡，這裡有間餐前接待室，專門用來給淑女坐下來，等候後來的紳士的。我端莊賢淑地坐在裡面。這裡叫白雲天。我……」

「我知道在哪裡，我見過。」

「要下來嗎？」她問。

「下來後做什麼？」我問。

「喝酒。」

「又做什麼？」

「吃飯。」

「再做什麼？」

「談話。」她說，笑得像銀鈴，「你下不下來？」

「下來囉！」我說，把電話掛上。

我把一個複製鑰匙夾放進口袋。我小心地把另一個鑰匙包在一堆換洗衣服裡，放在行李袋的最下面。

我乘電梯下樓，把我的鑰匙交回給櫃檯。我交代服務的人，不論什麼人來看我，都說我要很晚才回來。這個旅社是一個典型的舊金山小旅社，每天只有少數真正的旅客，大部份都是老年的包月的客人。櫃檯服務員也兼接線生，帳房多半就是經理自己。

街道很斜，我一路向下走，全身一路在痛。

苗露薏在等我。她仍穿著那一套黑色低剪裁的小禮服，全身曲線仍是那麼迷人，她笑得像是心花怒放。「哈囉，唐諾，」她說：「我以為你要黃牛了。」

「不會，我怎麼會黃牛。」我告訴她：「我的帽子呢？」

「當然在衣帽間。」她遞給我一張收據：「你自己得花點小費把它領出來，不過，衣帽間的小姐非常漂亮，裙子很短，腿更美，值回票價。」

「我們在這裡吃飯嗎？」我問。

「看你的口袋決定。」

「這裡有多貴？」

「非常貴。」

「你有多餓？」

「非常餓。」

「我們在這裡吃。」我說。

「我已經用你的名字訂了一張桌子。」她說：「桌子大概二十分鐘以後就有了。我們去酒吧先來兩、三杯酒。」

她在雞尾酒廊裡選了一角安靜的地方。她先把自己滑進卡座的軟椅，伸手拿起一塊洋芋片送進嘴裡，兩眼搧啊搧地看向我。

「我覺得你這個人還不錯。」她說。

「還有呢？」我問。

「還不夠呀？」

「不夠。」

她笑了。

一位侍者過來，她要了一份雙料曼哈頓。

「我要曼哈頓就可以了。」我說。

「也給他來個雙料的。」她向侍者道：「我不希望比他喝得多。」

侍者點點頭，一聲不響退下去。

我們撥弄桌上的洋芋片和混合的果仁，等侍者把雞尾酒帶來。

兩杯都是雙料的。

我付了酒錢，又給了他一元小帳。相信他至少暫時不會來打擾我們。

我們互相碰杯。苗露薏在把杯子放回到桌子上之前，一口喝掉了一半的曼哈頓。「我需要喝一些。」她說。

我啜了兩口，把杯子放下來，取了一塊洋芋片。我問：「露薏，有沒有什麼事情不對勁？」

她睜大兩眼：「不對勁？」

「你為什麼要找一個私家偵探？」

「什麼啊！我不要私家偵探。」

「你要找我。」

「那不一樣。」

「有什麼不一樣？」

「我說不一樣就不一樣。」

我不開口。

她等候了一下，終於說：「唐諾，我認為你自己低估了自己。你很吸引人的。很多自以為吸引人的男人，在女人面前太裝腔作勢了，所以很噁心，你不會。

「你不難看，穿著合宜，身材適中，最好的是一切自然，不做作。你有紳士作風……反正，很吸引人。」

我不說話。

「唐諾，有女人追你嗎？」

「沒有注意過。」

「有人追你，你會注意到嗎？」

「不知道。」

「看來你還是有些呆。」

「你在追我嗎？」

她猶豫了一下，眼睛裡神采一閃。「是的。」她說。

「容我說幾句話。」我說。

她低聲言道：「隨你說什麼，唐諾。」

「好吧，」我說：「今晚上你有一個約會。你為這個約會已經精心穿著好了。這一定是一個你對他有點意思的男人。你一直想把尹慕馬趕出你的公寓，以便可以準時赴約。你不希望他留在你公寓裡。但是這個約會對你而言又是如此重要。所以，你最後決定你要自己單獨離開公寓，把門關上，讓尹警官去留在裡面，看他能怎樣。

「我離開公寓後，發生了什麼事，使你害怕了。你把約會回掉了，開始給我打電話。一定是你有求於我什麼東西，你說吧。」

她轉動著雞尾酒杯，把雞尾酒杯在兩手的虎口中晃動。她兩眼不看我。

「為什麼不說我被人放了鴿子呢？」

「不會的。」

「憑什麼？」

「什麼人也不會在你面前黃牛。你有的正是他們要的。你自己也清清楚楚。」

她又搓弄著雞尾酒杯，突然她一口把酒乾了。

「唐諾，我再來一杯，好嗎？」

「只要你不逼我也來一杯。」

「不會的。」

我用眼看向侍者，又看向她的空杯。侍者看向我的杯子，把眉毛抬起。

我搖搖頭。

他笑笑懂了，自己走向調酒櫃檯。

苗露薏不停搓弄酒杯，直到侍者送來第二杯雙料的曼哈頓。我又付了酒錢和一元小帳。「非常謝謝，先生。」他說。

「我想這些下去，她就夠了。」我說。

「應該是的，先生。」

侍者走後，苗露薏看向我，看向桌面，又看向我，嘆出一口長氣。

「唐諾，」她突然道：「我要你幫忙。」

「說出來比藏在肚子中好。」

「我有麻煩了。」

「我不一定能幫你忙。」

「為什麼？」

「我已經替費巴侖做事了。」

「這對幫我忙有什麼關係？」

「也許有，如果與費巴侖有權益衝突，我就不能幫你了。」

「我只要和你談談。我不能悶在肚子裡。」

「我的耳朵聽聽，不會對費巴侖有權益問題。先要告訴你，我不一定能幫助你。而且，你說的事我也不一定能保密。」

「你會向誰說呢？」

「我可能為我客戶利用你給的資料。」

「做什麼？」

「幫助我的客戶。」

「那我為什麼要告訴你？」她說。

「也許你不說，但是我可以替你說。」

「替我說什麼？」

「說你要告訴我的。」

「不可能，你不可能。」

我說，「你是多久之前和賈道德結婚的？」

「五年前。」

「那時候賈道德人不壞。」我說：「他有點固執，有點自以為是，但是人不壞。他沒有錢。我不知道你為何喜歡他，又為何嫁給他，但是你們結婚了。賈道德有一件事，最後變成了壞習慣。」

「什麼？」她問。

「他堅持要寫日記。」我說：「在日記內，他寫下內心深處不輕易對人言的心事。蜜月一過，你發現這件事，你開始看他的日記。你特別喜歡從他的日記中來看他對你的看法。蜜月一段是精采的，他說你的一切，你都喜歡。」

她睜大眼睛。「唐諾，你怎麼知道的？」

「之後，」我說：「一、二年過去了。再美麗的也變得平常了。你看賈道德看慣了。他祖父死了，他得了一筆遺產。」

「此後，賈道德完全變了一個人。他憂思、他擔心，漸漸的，本來的自以為是轉變為全世界都是罪人，他要救全人類。你變成不可能和他共處。你強忍了半年之後決定走人。

「你怕賈道德抵死不肯和你離婚。在你認為，道德已經發展成破鏡絕無可能重圓的個性。你要歡樂，要冒險。道德要平靜守戒。我想，之後你也有過一兩位闖入你生活圈子的男人。賈道德對他們都起疑心。萬一要訴訟，這些都變成你這一方的困擾。」

「反正，你決定先要有些保障，所以在你離開的時候，你偷了賈道德的日記——那一本在他祖父將死前一段時間的日記。」

她的臉都聽白了。她的眼睛睜大，有如手中的雞尾酒酒杯杯口。

「唐諾，」她講：「什麼人……什麼人告訴你這一些的？」

「我自己告訴自己的。」我說：「賈道德的日記，對他祖父死前一段時間描述得很清楚，事後有六個月談到怎樣使世界更純潔，使人類能居住，又說到贖罪什麼的。自此以後，就沒有再記了。」

「這只表示一件事。日記本不在他那裡，他無法在同一本上寫下去了。他祖父死後六個月，你在雷諾離婚成功。隨便什麼蹩腳偵探都會知道，日記是你走的時候帶走的。」

「你，你怎麼會知道這些事的呢？」

「我在調查一件案子的時候，喜歡深入研究。」

「但是，唐諾，警察和你作對，或者可以說你在和警方作對。他們不會和你合作的啊！」

「我也不要他們合作。」

她把玻璃杯放桌上，圓圓的杯底在桌上打圈地磨。她的嘴唇在發抖。

我說：「賈道德的祖父死後六個月，他丟了他的日記。極可能從此他沒有再見到過。但是，日記在他公寓出現。問題是，日記是怎樣到公寓去的？」

「怎樣回去的呢？」

「只有一個可能，」我說：「你放回去的。」

「我放回去的？」

「是的，你放回去的。」

「唐諾！你瘋了。你……我為什麼要放回去？」

「因為這傢伙老想干涉你的私生活，你煩了。」我說：「你要警方找到日記。你知道一定會有人去搜索他公寓的，所以你把偷來而保存了四年的日記本放回他公寓去，目的是要警方能找到它。」

「不是警方，」她說：「是你，我要你能找到它。」

「為什麼？」

「因為我對他自以為是我的守護神，已經厭倦。我是個成人，我知道好壞。我有自己的生活要過。我結過婚，我知道什麼可做，我不會一輩子聽我前夫的傳教式控制。」

「那你為什麼不直接告訴他，叫他滾遠點，」我問：「而要用如此麻煩的方式呢？」

她又用玻璃杯底磨了一下桌子：「他一直在給我錢呀。」

「為什麼？」

「他的良心在責備他。他是我丈夫，我曾經是他太太。他發過誓要愛我，要支持我。」

我冷冷地看向她：「還有一點恐嚇的成份，是嗎？」

「沒有，唐諾，完全沒有。他一直不知道日記在我手上。他也絕不會猜想到我對他祖父的死亡有什麼疑心……直到……」

「直到什麼時候？」我問。

「直到你來看我，直到你告訴我，他寫過這封可怕的信。直到那個時候，我才覺得我應該有所行動。」

「好吧，你有了什麼行動？」

她說：「我心中懼怕了。就在你來看我的時候，賈道德正在同一幢公寓，同一層樓，同一走道再向前一點，在拜訪裘家。我怕你會因為我不小心漏出風聲而發現他在這裡，又怕你會發現他開的那輛與眾不同的跑車……」

「我顯然在這件事情上面疏忽了很多。」我說：「告訴我，此後又怎麼了？」

「我把你送走。」她說：「我走過走道，走到裘家。我告訴賈道德，我一定要單獨見他。」

「他出來了？」我問。

「他乖乖地聽話。」她說：「我想他是一直想破鏡重圓的。」

「你告訴他什麼？」

「我說了很多。我告訴他，我知道他寫過這樣一封信。我告訴他，他要是希望我會同意他做這種糗事，他是在做夢。」

「又如何？」

「於是他訴說他所以如此做，是為了我好……等等。我生氣，我告訴他，不可以自以為是地管全世界的閒事。我……我叫出聲來，說他是殺人兇手。」

「於是如何？」

「他想要否認，但是他整個人洩了氣了。」

「你有沒有告訴他，日記在你手中？」

「沒有，當然沒有。他對日記的去向一點也不知道。他只知道丟失了。」

「這下子你怎麼善後的？」我問。

「我告訴他，你是一個非常聰明的私家偵探。我說他寄這種信，本身就犯了恐嚇罪，是要坐牢的，而且用郵寄這種信，還犯了聯邦的郵政法，都是刑事罪。我告訴他，一旦坐了牢，政府還會調查他的祖父是怎樣死的等等。」

「他擔心嗎？」

「嚇死了。」

「他怎麼辦？」

「他只能照我叫他做的去做。我告訴他，在凡利荷有一個我知道的汽車旅館，要他去那裡藏起來，直到你離城為止。我問他，在他公寓中會不會有什麼犯法的證據。他說有，有他寫給姓費的兩封信的複寫紙副本。」

「兩封信都有副本？」

「他是如此說的。」

「又發生什麼了？」

「我告訴他，要走就立即走，而且你一定會追著他來的，又說他那輛車很容易被查到。我說萬一你找到他的話，他一定會什麼話都瞞不過你。我告訴他，今日的偵探，調查對象的背景是必然之事。我說即使你目前尚未調查他祖父的死因，你也很快會辦這件事了。」

「換句話說，你猛唬了他一陣，使他怕了？」

「我嚇得他姓什麼也忘了。相信我，他從來不知道我對他祖父的死因有過懷疑，我提出這一點時，他如天雷擊頂，面孔都綠了。

「我也提醒他，在他祖父死去之前，他是個不錯的人。自他祖父死後，為了他和羅琳所做的事，造成了他的罪惡感，他完全變了一個人。」

「你真提到了羅琳？」

「當然，我提到了羅琳。她也是其中的一份子。多半她還是主謀的人。」

「他聽了怎麼辦？」

「嚇得要死。他把公寓鑰匙給我，他說他立即要去凡利荷。他說他連回公寓去拿牙刷和換洗衣服的險都不要冒了，他會沿路買一些。他要立即走。

「他要我去他公寓，自寫字桌中去找出那兩封複寫紙副本。除此之外，還有不少他以假名寄出去的類似信件的副本。」

「說下去，」我說：「此後怎麼了？」

「他就去他的凡利荷了。」她說：「我照他的話去做了。」

「等一下，你去拿了兩封信的副本，又拿了他說的一切？」

「是的。」

「又如何？」

「我等到午夜。我去凡利荷。我確定沒有人在跟蹤我。我非常小心。」

「好吧，」我說：「你自己去凡利荷，你非常小心，又如何？」

「我敲他住的房子的門。沒有人應門。門沒有關，我走進去看了看。我有點奇怪，因為道德的車就在門外。」

「那是什麼時候？」

「到那裡的時候大概一點半。」

「又如何？」

「道德……你知道的……他死了。」

「你怎麼辦？」

「我拿出他的鑰匙來——我要放回到他口袋去，我就是沒有辦法去接觸屍體。我把他上衣衣角拉起來，用腳尖把鑰匙踢進衣服下面去。我……我不敢碰到他的屍體。」

「又如何？」

「我回到家，用了不少腦筋。這件事，羅琳反正是有份的，道德和她是同等罪狀。我對羅琳自以為清高也受夠了，我討厭她盯在我背後要監視我的樣子。我想到要翻身。我回到道德公寓中，把已經拿出來的信件放了一部份回去，同時把日記也放了回去，使警方可以找到它。」

「但是，你把鑰匙放回給道德的屍體了，」我說：「你怎麼進得去呢？用什麼鑰匙呢？」

「你不明白嗎？唐諾，」她說：「那個公寓，從前我和道德結婚在一起的時候，是我們兩個住的地方。我離開他，我帶走我的一套所有的鑰匙。非但我有公寓門上鑰匙，寫字檯、桌子、抽屜的鑰匙，我也都有。這一點，道德是不知道的，所以才會再把他的鑰匙給我。我相信他已經完全忘了我自己也有一套鑰匙。」

「你到什麼時候，才想通如此好的方法的？」

「一直到……反正天色已全亮了。清晨吧。我一直也睡不著。我喝了一兩杯酒，倒在床上，我翻來翻去，於是這個辦法突然出現在腦中：我可以把這些東西放回去，要警方找到它們……我就如此做了。」

「警方會發現公寓鑰匙你也有，」我說：「於是……」

「不會的，他們不會。我把東西放回去，鑰匙已經沒有用了。我在海灣大橋上把它們拋了下去，一輩子也不會再出現。」

「說下去。」我說。

「唐諾，沒有了。我……我到過凡利荷。我相信沒有人見到過我，但是我……我不明白，為什麼警方沒有提起過……」突然她停下來。她看向我，好像以前從來沒有見過面似的。

「唐諾，你渾蛋，一定是你。」她喊道。

「什麼一定是我？」我問。

她說：「你進過公寓房子。是你拿走了那些信的複寫紙副本，否則你也不會知道日記內容。」

「我怎麼進得去公寓房子？」我問。

「唐諾，反正你去過那裡，是嗎？」

「你的想法真荒唐。」我說。

她靜了一陣，問道：「我該怎麼辦？」

「要辦的都辦過了。」我說。

「我是問，以後該怎麼辦？」

「露薏，一起頭我已經告訴過你，我可能不便給你任何建議。」

「因為費巴侖的關係？」

「是的。」

「但是這件事和費巴侖無關。他的權益和我無關。」

「目前還不知道。我極可能把你當做代罪的羔羊。」

「唐諾，什麼意思？」

「沒特別意思，舉例告訴你而已。」

「你不會真的這樣對付我吧？」

「當我接受了一個客戶的時候，我只知道客戶的權益，連我自己也可以隨時當一陣子代罪羔羊的。」

「但是，我把你當朋友，才告訴你這些秘密的呀！」

「你沒說什麼，大部份都是我在說。再說，事先我警告過你，我是替費巴侖工作的。」

她用憤怒的眼神看著我，她說：「唐諾，至少你應該辦一件事，告訴我，我現在該怎麼辦？」

「看，」我說：「侍者來帶我們去餐桌了。下一件事，我和你一起辦，我們來好好吃一頓。」

我站起來，帶她去餐廳。

「再說，」我告訴她：「千萬別以為我欠你什麼，我什麼也不欠你！」

第九章　一案雙破？

晚餐結束後，露薏把冰淇淋空杯向前一推，隔著桌子看向我。

「你這個人很奇怪。」她說。

「又怎麼啦？」

「我對你的看法是——你自己的事，從來不向外人說。」

「職業病，多多包涵。」

「也許是，也許根本不是，而是另有原因。唐諾，你是不是成竹在胸？」

「沒有。」

「你看來已經有腹案了。」

「我裝得已經如此了。」

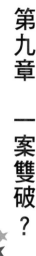

她仔細看著我道：「唐諾，在你看來，我是怎樣的一個人？」

「有必要說出來嗎？」

「有，我想要知道。」

「你非常好。」

「隨便說說的，還是真有其事？」

「我真心認為如此。」

「唐諾，你見過世面。你也見過場面。對於像我這一類的女人，你有什麼看法？」

「我已經告訴過你。你……非常好。」

「我知道你告訴過我我非常好，我要知道你對像我一樣的這些女人，你的看法怎麼樣？」

「從哪方面來看？」

「兜圈子有什麼用？我要生活，我不能坐在荒島茅屋裡等候時光消逝。人生過一天少一天，生命有限，時光易逝啊。」

「我什麼都攤開來告訴你。我喜歡有樂趣，我喜歡陽光，我要歡笑，我不喜歡獨處，我喜歡吸引別的男人。我要興奮、變化、與人接觸。我雖是女人，但想到廚房裡一大堆待洗的盤子，心都會打結。」

「你現在過的，不正是你喜歡的生活方式嗎？」

「是的……可以這樣說吧。」

「換句話說，這裡面沒有愛。」

「你為什麼這樣說？」

「假如你有了愛情，你會守住一個特定的男人。你就不要其他男人進你生活圈來了。你會和他共守，關心他，為他工作、燒飯、縫紉，面對一大堆待洗的盤子。」

「你真認為如此？」

「說起來容易。」我說。

她大笑。

「你目前生活的方式，正好是你喜歡的。」我說：「這已經很好了。先不要擔心以後的。」

「但是人不能不想以後啊！」

「以後如何？」

「沒有安全感、沒有保障。唐諾，我不再漂亮了又如何？沒曲線了如何？男人還會找我嗎？」

「你只要保持你的魅力，男人會繼續被你引誘的。」

「這正是世界上最最現實的哲學之一。」

「你對安全保障有什麼解釋呢？」

「我自己也不知道。」

「結婚？」我問。

「我也不一定這樣想。我……我也想過。……但結婚也不一定是保障。你有了丈夫，你把一生中最好的時段用來對付髒的盤子。你胖了，另外一個金髮女郎出現了，你的丈夫告訴你他要自由了。他要自由，我怎麼？」

「說下去。」我說：「胸中有什麼話都說出來好了。」

「唐諾，我已經厭倦我現在的生活了。我一直在避免談這個題目。」

「好吧，我們換個題目，我們來說性。」

她看向我，大笑。「唐諾，你是心理專家。」

「我喜歡說老實話而已。」

「唐諾，你對性有什麼看法？」

「很好。」

「唐諾，你談別人事的時候口若懸河，談自己事的時候總是含含糊糊。你和別人不同……你使別人採取守勢……你會從別人腦子中挖東西……你……」

「我和別人有什麼不同？」

「他們……你知道他們怎麼樣？」

「怎麼樣？」

「第一，他們都希望自己是X光眼。」

「你也喜歡？」

「要看是哪一個人。」

「如此說來，你在怪我和別人不同？」

「你已經是透視別人心理的眼了。」她說：「我是一個試驗品。你在利用我，我覺得時間一到，你會犧牲我的。」

「我這樣說過嗎？」

「什麼？」

「我會犧牲你。」

「沒有，你沒有明講。」

「我說過我代表我客戶，我客戶是費巴侖。」

「你一定要忠心於他？」

「那是一定的。」

「要怎麼樣才能使你也忠心於我——我另外付錢？」

「這一種對客戶的忠心是不能分割的。我要為費巴侖爭取全部的權益。」

她研究我的話。「唐諾，我服了你，我一定會影響你的。」

「怎麼影響法？」

「用我自己。」

「為什麼？」

「使你也服我，為我做事。我要個像你一樣有腦子的人幫我忙。我要你的經驗。」

「費巴侖第一。」

「我認為你是有經驗的。」她說：「走，我們不要在這裡。」

我付了帳。我在衣帽間拿回了我的帽子。不著邊際地，我伸手把帽子在右手虎口上轉了一圈，大姆指沿著帽子裡汗帶摸。行李單仍在裡面。

「去哪裡？」我問。

「去一個我可以和你談談的地方。」

「你公寓？」我建議地問。

「那裡有些危險吧？」她說。

「有的。」

「那為什麼去那裡呢？」

「總得有一個地方去啊！」

「以後可以，現在太危險了。」

「那去哪裡？」

「隨便什麼地方都可以。」

「假如你不認為警方正在找你，你會不會選擇回自己的公寓？」

「會的。」

「萬一警方正在找你，在別的地方找到你，方便嗎？」

「他們不一定找得到啊！」

「也許會啊！」

我叫了一輛計程車，幫助她進入。

「去西利亞公寓。」我告訴駕駛。

她嘆口氣道：「你太有自信心了。」

「你不喜歡？」我問她。

她靠向我，把頭靠在我肩上。「我喜歡。」她陶醉地說：「也許你內心是憂慮又不能肯定的，你不過裝成肯定而已。」

她把手放在大腿上，找到我的手。她抓住我的手，用力的擠。

「唐諾。」

「怎麼啦？」

她抬起下巴，呼吸加重地說：「唐諾，想吻我嗎？」

「不可以。」

「你渾蛋！」她生氣道。

我不講話。

「你為什麼不吻我，唐諾？」

「因為我正在用腦筋。」

「好吧，你先用你的腦筋。」她說：「我也正希望你能用些心思想想。你想通了就來吻我。」

我們一路安靜到西利亞公寓。

我付了計程車錢。

我們上樓去她公寓。門上釘了一張通知單。

露薏把紙條拿下來。

「露：回來就找我，不管多晚。琳」

露薏有點為難。「我要失陪一下。」她說。

「為的是研究我的忠於客戶理論嗎？」我問。

她看向我。「也許。」

「為了這張條子，你一定要出去嗎？」

「你不懂。」她說：「這是羅琳，羅琳有偷偷監視我的習慣。有時我想她有第六感，每次我……」

走道前面的一扇門，一下子打開了。

羅琳在喊：「露薏。」

「我才回來。」露薏道。

「能過來一下嗎？」羅琳說。

「我有位客人在，等一下吧。」

走道中靜了一下，兩個女人對視著，我側向一面，裝著不關我的事。

羅琳道：「一下子就行了。」

「要我到你們公寓嗎？」露薏問，猶豫著。

羅琳走向前來，很有信心地說：「還是到你公寓好，我公寓中另外有人。」

露薏打開門。我們三個人走進去坐下來。

羅琳用她深色眼珠的眼睛，看向我們倆。

「見到報紙了嗎？」她問。

露薏搖搖頭。

羅琳道：「等一下，我去把我的拿來。」

我把我的帽子放在電視機上，帽口向上。那張行李條有一半露在汗帶的外面，向下看我帽子是會看到的。

我坐下，看向帽子，開始心浮氣躁。

羅琳站起來，走向門去。

「報上有什麼？」露薏問。

「報紙拿來我再給你解釋。」羅琳道。

她開始向門走去。

我說：「那我們先把電視打開，我……」

她一扭讓過我向外伸的手，擦過我急急彎起來的手臂。我的帽子一下掉落在地上。羅琳停下，把帽子撿起來，放回電視機上，帽口向下。她說：「報紙拿過來，你會知道我為什麼急於見你。你們等在這裡。」

我走回我的椅子去。

「不想看電視了？」露薏問。

「嗯哼。」

她坐進一張椅子，腿上的尼龍絲襪使她的腿更為美麗。

「你看那個裘羅琳，」露薏道：「其實她詭計多端、殘忍、冷酷。我想她在做一個圈套叫我去鑽。」

「那麼我該怎麼辦？」

「你旁觀好了。不過要目不轉睛地看。」

羅琳出去時沒有把門關死，門是虛掩著的。現在她回來，門一推就開。她手中帶了一份報紙。

「這是今天的晚報，」她說：「對賈道德謀殺案有新的報導。」

她把報紙塞向露薏，臉上有一半看不起她的表情。

「要看一下嗎？」她問。

露薏連眼皮都沒有眨一下。「寫些什麼？」她問羅琳。

「重要的是動機不可能是為謀財。相當大量現鈔留在屍體身上，可是沒有鑰匙。」

「沒有鑰匙？」露薏跟著問。

「沒有鑰匙。他所開跑車的車匙放在化妝桌上。沒有其他任何鑰匙。」

露薏用舌頭潤濕一下嘴唇。「你說他們找到的鑰匙不是……我說，他們沒有找到……」

「我說就是沒有鑰匙。」

「喔。」露薏道。

羅琳看向我。「賴唐諾，你自己在哪裡？」

「我，在哪裡啊？」我問。

「少來那一套。」她說：「今天清早你和你有錢的客戶費巴侖到過那汽車旅館。」

「顯然你還有話要說，那麼，先聽你講完再說吧。」

「我正準備要講。我有不少話要對你們兩位講。露薏，那一天你對賈道德說叫他一個人去躲起來。在他走之前，曾經先來看過我。」

「他被你用私家偵探嚇的要命。這時候，他第一次告訴我，那年他祖父生病的時候，他一直在記日記。他說日記本原來是放在他手提箱裡的。他說有一天他把它搞丟了。自此之後，他一直生活在夢魘中。他說，他寫的東西，在有心的人看起來可能會引起誤解。我認為這大笨蛋認為他祖父是被謀殺的。

「他一說，我就知道日記在什麼人手中。苗露薏，是你把日記偷來交給了這個私家偵探。我相信他準備把日記放回賈道德公寓去，使警方有機會找到它。

「這件事清楚得昭然若揭。自從這混蛋小個子在這裡出現之後，你一直搖著屁股走在他後面。你看，你為了要給他看你的腿，裙子都拉高拉到脖子上了。你是不是已經和他……」

「你給我閉嘴！」露薏向她叫道：「你在亂開黃腔！」

羅琳：「別說我開黃腔！你這個小賤貨。我又不是瞎子，這個公寓裡哪一件事逃得過我的眼睛？別以為你的行動，我有一分鐘不在注意！」

苗露薏自椅中站起。「我為什麼要受你的氣。你……你是個殺人犯！」

有一陣兩個人針鋒相對，突然手腳並起，掌刮、手抓、嘴咬一起上場。兩個女人扭成一團，倒在地下。兩個女人都已經完全放棄淑女的儀態和打鬥的規則。手腿的伸展也完全不顧慮到一旁尚有個男士存在。兩人口中叫出女士不該出口的髒話。她們兩人互相抓住對方的頭髮，互相撕扯對方的衣服。

在一個暫止喘息的機會，我平靜地說道：「露薏，不要介意，我已經報警了，一輛巡邏車立即會到了。」

這一下子有如把水龍頭對準兩隻鬥狗一樣，把她倆分開了。

「你幹了什麼？」露薏道。

「用電話報警啊！」我說。

羅琳跳著站起來。露薏半坐在地上，一面喘息，一面在用腦筋。

羅琳道：「露薏，把上衣拉下來。」

露意只是把眼睛向她的方向看一下。「去你的！」

羅琳轉向我：「這件事裡沒有你的份。打電話報警！我也來給你些顏色看看。你等在這裡！」

她一下子走出公寓。

露薏把她的膝蓋彎起來。把她手伸向我。

我握住她伸出的手掌，把她拉著站起來。

她看一下撕破了的衣服，把破碎的布片整理一下，暫遮一下身體較重要部份。「唐諾，你真打電話報警了嗎？」

「沒。」

「我也認為你沒有……那個女兇手……那……」

半開的門一下推開。柯白莎邁開大步進來，看了苗露薏一眼，她說：「這裡出了什麼事？」

「衣服，尊嚴，頭髮——一團糟。」我說。

苗露薏又把破布片調整一下。她問：「這又是什麼人？」

「容我來介紹一下，這位是柯白莎。」我說。

白莎點一下頭。她的滾滾小眼環視一下周遭環境。「親愛的，」她問：「這裡到底發生什麼了？」

我說：「兩個女人打了一架。這位女士和……」房門又被推開，裘羅琳進來，衣服撕破了沒有換掉，頭髮垂下來在一側，她說：「你這騷蹄子，這下你整得我很慘。看我成了什麼樣子。」

羅琳又撲向露薏，她根本沒見到白莎。

露薏一掌擊向她，打空了。羅琳抓了露薏一大把的頭髮。她們又滾向地上，羅琳在上面。

白莎走過去，抓住羅琳的小腿腳踝，另一手抓住羅琳手腕一翻，把羅琳翻到房間另一面的長沙發旁邊，有如農夫在翻一袋麵粉。

羅琳也還真不慢，一翻而起，此時才第一眼見到白莎，猶豫地看向她，頭一低衝了過來。

白莎伸出一隻大掌，正好推住她頭頂，橫出一隻大腿，把手一鬆，順勢一退，把她正好摔進一張椅子裡去。「坐下來，瘋狗一隻！」白莎道：「想打架你差得遠呢，我會把你牙齒打出來，叫你像吐西瓜子一樣吐出來。現在，唐諾，告訴我怎麼回事？」

「你……你是什麼人？」

「我叫柯白莎。不知你有沒有聽到過。我是私家偵探。我是唐諾的合夥人。你這個樣子想幹什麼？」

「我在警告這隻騷蹄子和你那合夥人，不可以把謀殺罪名硬往我身上套。」羅琳道。

白莎笑向我道：「好極了，好極了。唐諾，你是應該有點動作了。」

「你等到……」羅琳道：「我也會有人可以整你的……」

門上響起的敲門聲。

白莎把門打開。

費娜娃高視闊步進入房內，看到亂成一團的椅子，兩個衣衫不整的女人。她看看我，看看白莎。

「我儘快地趕來的。」她對羅琳道。

白莎彎腰自地上撿起一個海綿假奶罩，她向兩個女人厭惡地看一眼，把那玩意兒一下塞在羅琳的手中道：「看來是你的東西，妹子。」

她轉向費娜娃道：「你又來幹什麼？」

娜娃道：「你的合夥人把我們出賣了。」

「不可能的事。」

她說：「這位女人，賈道德太太——也就是苗露薏女士，利用她的色相，使你的合夥人倒戈的。」

白莎看向我。

我搖搖頭。

苗露薏說：「天大的冤枉。唐諾對費巴侖忠貞到底。」

「我聽到的正好相反。」娜娃道。

「好呀，你聽說什麼了？」白莎控制全局道。

娜娃道：「我的丈夫什麼都承認了。唐諾打電話給他，告訴他賈道德以姓鄭的名義，在凡利荷路界汽車旅館躲了起來。

「我的丈夫，我想他有點贖罪的想法。他想，也許唐諾對他認為最好的處理方法不太同意，唐諾也缺乏馬上行動的決心。我的丈夫要親自出馬，把那封賈道德想寄給我的信先一步弄到手。

「我的丈夫認為，他自己出面，可以用金錢解決。他沒有知會賴唐諾，自洛杉磯乘下午七時班機，在九時到了舊金山，立即租了車去路界汽車旅館。他一直敲二十四號屋，沒有回音。

「他去旅館咖啡屋吃甜甜圈、喝咖啡，之後又去敲門，仍沒有回音。他坐在自己車裡又等了一小時，最後終於放棄。他回到舊金山，把租的車子還了，去旅社和賴唐諾會合。」

娜娃責備地看著我。

「說下去呀！」白莎道。

「賴唐諾讓我丈夫和他一起在清晨開車到凡利荷。他在二十四號房敲門。裡面沒人應。賴唐諾自顧開門進去，出來說裡面沒有人。其實裡面一定有人，賈道德在裡面，不過他死在裡面就是了。」

「這些都是你丈夫告訴你的？」白莎問。

「是的，怎麼樣？」

「你對男人還真有信心。」白莎揶揄地說：「誰都有兩片嘴唇。」

娜娃道：「我受不了不貞。我也受不了虛假。如果我丈夫對我真實，我會站在他身旁支持他到底。不過要是有證據……」

「我懂了。」裘羅琳道：「賴唐諾去那邊，自賈道德屍體上取到了鑰匙，他和露薏通宵工作，假冒道德的筆跡，假造了一本日記。」

「自從露薏聽到了道德已經死了之後，她一直在散佈謠言，說我毒死了我的祖父。這完全是冤枉，完全是人格的誣衊。賈道德知道我和祖父的死亡毫無關係。任何在那公寓裡發現的日記，都不會是真的。」

白莎看著我在深思。「講話啊，唐諾。」

我看向她眼睛。「白莎，不要做傻瓜。」

白莎看向羅琳，蔑視地言道：「親愛的，我看你被人打得不像人樣了。小心被人當你是一把拖把。你還以為你是『呂布』啊，我看是塊『抹布』。困難的地方在於你的腦子比地板還髒，拖過抹過的地方比沒拖過抹過還要髒。你給我滾回去裝修裝修！」

「我沒理由受你指使！」羅琳道：「我愛在那裡就……」

「滾出去！」

白莎威脅地走向前。

羅琳不自覺地把義乳墊子抓得死緊，心虛地自椅子上跳起來。

費娜娃說：「柯太太，我不喜歡女人說髒話，女人動粗，女人用暴力。」

「我覺得你也沒有在這裡的必要。」白莎道：「我就代表暴力。我喜歡髒話，我愛動粗。」

都已經中止了。」

娜娃莊重地言道：「也好，我認為這表示我們和你們偵探社的一切關係，

她走向門去。「來，羅琳，我們一起走。」她說。

「神氣個屁，妹子。」白莎道：「在你那鬼丈夫第一次到我們公司來壓他指關節之前，我們不是也過得好好的。在你的屁股搖出這大門之後，我們也不會餓死。」

「費太太，」我說：「容我向你指出，你根本不是我們的客戶。我們為你丈夫工作。我們全部的忠貞只對你丈夫一個人。」

娜娃對我這一項申明沒什麼興趣。她輕扶羅琳的手臂。兩人走出門去。

白莎恨牙牙地把門用腳踢上。「好了，小天才。」她對我講：「你是不是去了那裡？」

我什麼也不說。

柯白莎一轉身對向苗露薏：「你有沒有偽造那日記？」她問。

苗露薏說：「我沒有理由受你的責問。警察那一套我已經受……」

白莎走向前，嚴厲地說道：「豈有此理。我們現在自己有大困難了。每秒鐘都是重要的。你給我講，你有沒有偽造那日記？」

露薏看向我。

「照實說。」我說。

露薏面向白莎。「我沒有偽造日記。」她說：「一年之前，賈道德的日記是我偷出來的。日記上記他和羅琳謀殺了他的祖父。我把日記放回到賈道德公寓去的。我想到賴唐諾會偷進公寓去把那日記拿出來的。」

柯白莎笑了：「這渾小子果然無所不在。」她讚賞地說。

門上起了敲門聲。

「開門。」尹慕馬的聲音自外面叫出聲來。

「這是什麼人？」白莎問苗露薏。

「舊金山總局兇殺組的尹慕馬警官。」我說：「白莎，開門。」

白莎去開門。

「好了，聰明人。」尹慕馬走進來言道：「叫你不要混在裡面瞎搗蛋，你不聽話，亂鑽亂鑽。現在我只好帶你去總局住兩天了。」

我自電視機上拿起我的帽子。我把手指沿了汗帶一摸。行李寄存收條已經不翼而飛，不在汗帶裡了。

尹警官瞄了白莎一眼。「這是什麼人？」他問。

「柯白莎。我的合夥人。」我答。

尹警官突然才注意到苗露薏頭髮散亂，衣衫不整。「嘿！」他問：「你又怎麼了，妹子，這裡出了什麼事了？」

苗露薏道：「我有不同的意見。」

「和什麼人有不同的意見？」尹問。

「看來當然是賴唐諾。」白莎道：「唐諾要佔她便宜，她打了他耳光。世界上唐諾最恨的事，就是人家打他耳光。唐諾色心起時十分敏感。女人打他耳光，結果就是如此。」

尹慕馬看向我，一下坐進一張椅子，哈哈大笑起來。

白莎喉嚨裡咕呀咕地，充滿恨恨的敵意。

我看向白莎，微微搖搖頭。

「好吧！」白莎對我道：「換你來主持。」

她轉身走去面對窗外。

我對尹警官道：「尹警官，我一直在忙一件可以得到大批大批鈔票做獎金的大案子。這件案子使全國最好的偵探苦思不得其解，一旦破案，可以使你的名字在全國偵探界流傳好一陣子。」

「這件案子？」他揶揄地嗤之以鼻。

「老天，不是這件案子。」我說：「這件案子只是表面。我在進行的案子……」

我控制自己，在應該停住的地方停了下來。

尹警官自椅子中坐直了一些。「好了，賴，」他說：「不要停，該說的都說出來。」

我說：「我再也不能透露一點點了。一透露，等於必須全部說出來了。」

「那就全說出來好了。」

「說出來了，你就會找一個理由把我關起來，然後自己跑去把這大案據為己有了。」

「我反正非把你關起來不可的，有什麼差別？」

「沒關係，你關我好了。」我說：「你不知道我在辦什麼大案子。」

他半閉著雙眼地看著我：「我想你是在拖時間，你在唬我。你手中的底牌不是同花。」

我熱誠地說：「亂講，不是你出面搗亂，一切早已成功了，見報了。」

「我不來干涉你，你可以得多少好處？」

「我從來不向官員賄賂。」

「別傻了。」他說：「什麼人說賄賂來著。我只是說這件案子你能拿多少獎金？」

我要把頭轉開，突然又轉了回來，我說：「我和你老實說吧。極可能我需要一些官方的勢力，才能把這件給破了。你和我合作，給我官方的支援，我們不但可以把賈道德兇殺案破了，而且我們可以偵破一件全國性的懸案。」

「你是指賈道德祖父謀殺案？」

「不是，不是，」我說：「我怎麼會這樣小兒科。我是指一件真正的懸案。這件案子，真正的有大筆獎金待領。而且這個破案的人一輩子會被人尊稱為神探。」

「你講講看，什麼案子？」尹說。

「先說你合不合作？」

「我要你先說出來。」

我猶豫地看向白莎。

白莎看向我，她好像在看當街有一個人在兜售去月球的票子。

我說：「我可以私人和你談談嗎，慕馬兄？」

「還是這裡談好了。」尹說：「反正就是在這裡，就是現在。無論你說什麼，我一定要有所行動了。」

我看向苗露薏。「你能離開一下，讓我們談點事嗎？」

「什麼意思？」她問。

白莎一轉身抓住她膀子，「去一號，妹子。」她說：「坐下來等我們叫你才出來。」

苗露薏怪叫道：「好哇！我自己的公寓，你竟……」

「去一號，寶貝！」白莎硬性地說：「這是件大事！」

「我為什麼要聽你們的話！我……」

白莎用膝蓋在苗露薏屁股上一叩。「走啦，親愛的。」她說。

白莎領著露薏進了廁所，把門帶上，自己走回來。

尹警官冷冷疑心地看著我，「說！」他說：「最好是有點意思的。你們在查什麼案子？」

「勞氏綁架案。」我說。

「這件事和勞氏綁架案有什麼牽連？」

我說：「你自己用點腦子想一想。那勞家的嬰兒是被綁匪綁走了的。自從這一走就音訊全無。有過一次，要求贖金三萬元。雙親決定付款求人質的安全，他們把三萬元放在指定的地方。綁匪得了三萬元。勞先生夫婦回家等小孩回來。小孩並沒有回來。」

「這些用不到你來告訴我。」尹說：「那是老調——一綁到手就撕票了。綁匪根本不想冒被抓的危險。他連小墓都早已挖好了。小孩到手三十分鐘不到，就死翹翹了。綁票案在很多地方是唯一死罪的。」

「你錯了。」我說：「這位綁了勞家嬰兒的是個女人，是一個有母愛症候群的女人，是個精神上有問題的女人。她一直想有個自己的孩子，她根本不在乎什麼贖金。贖金是叫警方走入歧途的煙幕，不過三萬元多少也有一點用處。」

白莎吞了一口口水。

尹警官說：「好，好。隨你怎麼說。你說下去。」

「案子被全國的報紙列為頭條新聞。每一個人都在擔心這小孩的命運。你自己站在這位有母愛症候群的女人立場看一下。假如那嬰兒在你手中，你怎麼辦？」

「你出的問題，為什麼我來傷腦筋。」他說：「你說啊！」

我說：「那一陣，如果一個女人突然在身邊多出一個六個月大的嬰兒，至少鄰居就會報告聯邦調查局。任何女人搬家搬到一個新地方，假如有一個六個月大的嬰兒，鄰居也一定會問三問四，而我們這一位費娜娃女士，她玩了一手，好到不能再好了。

「她決定她要下手弄個小孩子。她在還不知道要弄到什麼人家的嬰兒之前，她就先製造好將來帶小孩回來的藉口了。

「她告訴她所有的朋友、鄰居，她有一個可憐的同父異母姐妹，以及她可憐的遭遇——她有不治之症。

「費娜娃先把一切背景佈置好，於是她告訴大家，不幸的事件發生了。她東行去辦妹妹的喪事。妹妹的孤兒沒有人照顧，好心的娜娃把他帶了回來。每件事都恰到好處。娜娃是個善心的女人，沒有人照顧的可憐孤兒也有了家。

「對於得到的錢，娜娃也先有了交代。她妹妹有一些地產。這些地產遺交了給她，她出售，拿到了錢。

「你是警官。對地產，你多半也懂一點吧。出售一筆地產，說脫手就脫手了嗎？要多久才能辦妥交易？假如你有一位親戚留給你三萬元房地產，要多久才能辦妥手續？法庭是很花時間的，律師工作是很慢的，不知要多久，你才收到一張支票，是嗎？

「但是，費娜娃回來，手裡捧著的是現鈔，不是支票，是現鈔。」

尹警官現在不是坐在椅子裡，他是坐在椅子扶手上。他看著我，兩眼眼皮在煽著。

「賈道德案又是怎麼回事？」他問。

「賈道德，」我說：「是一件碰巧搞到一塊去的事。他從祖父遺產那裡得到了一些財產。也許確是有人提早了祖父的死期，也許沒有。但是賈道德心裡一直認為羅琳害死了他祖父，而且是賈道德自己鼓勵她去如此做的。所以，這傢伙發生了有罪症候群。他開始要拯救這個世界。

「費巴侖去參加會議，而康京生有事要求費巴侖。康京生是會外工作的能手。他花點錢買香檳，弄來一些漂亮的派對女郎。女郎都另外接受他的鈔票，每個女郎對特定的對象下功夫。」

「費巴侖是苗露薏的目標？」

「苗露薏愛好香檳，愛好這種氣氛，愛好來得快去得快的鈔票。但是她對把指關節弄得啪嗒啪嗒響的費巴侖，沒有興趣。費巴侖心中也只有他老婆最好。他老婆在床上不太熱心，在家裡太自以為是，但是廚房工作一流，在鄰居心目中她是典型主婦。

「費巴侖對於那嬰兒、贖金、同父異母妹妹、遺產等等是毫無警覺，絲毫不知情的。他也太笨，搞不清楚這一套。參加那派對後，他更是陷入泥中無法自拔了。賈道德寫了一封信給費太太，信中說他要問問法院，看費巴侖有這種行為，是不是合乎收養這種年齡的小孩。你現在想想，這一下對費太太有多大影響？收養法庭當然要查這小孩當初是怎樣被收養的。這會查出什麼來？你應該想得到的。

尹警官現在真正在想了。「娜娃知道這件事嗎？」他問。

「當然她知道。」我說：「道德把信寄出去，一封給費巴侖，一封給他太太。兩封信一起寄出。巴侖只知道他要寄信給費太太，他檢查每封給費太太的信，他沒檢查到給費巴侖先生的信。為什麼？因為那封信已經給人拆閱了，這是為什麼費娜娃不敢把信封拿出來給你看的原因。

「賈道德自己給自己造成了一個必須被除去的理由。娜娃走了第一步，回頭已遲。巴侖來雇我們，他太太一定是知道的。我來到這裡。我必須連自己也喝個半死，才找出道德的住址。

「我打電話告訴費巴侖，賈道德藏在哪裡。娜娃在另外一架電話上聽到了這消息。費巴侖認為他先我而去見賈道德，可能可以付錢了事。他不喜歡事情鬧大，他不想冒險。他乘飛機往舊金山，租車去看他。

「娜娃在電話上聽到一切。她乘一駕飛往奧克蘭的飛機，先半小時到。她也租車去汽車旅館，用手槍把賈道德心臟打得停止跳動。她拍拍手退掉她租的車子，搭機回洛杉磯，又在家裡做她甜蜜的小婦人。

「丈夫一腳走進陷阱。他興沖沖前往見到的，是已歸西的賈道德。萬一他宣揚出來，他是唯一的一號嫌犯。其實他不知道，即使他不聲張，他的脖子仍舊有一大半在吊人結之中。因為繩頭在娜娃那裡，她隨時開口，他仍舊完蛋。

「你看，娜娃不是當了你的面，把繩子收緊了嗎？」

尹警官研究我講的話。他的前額緊蹙，臉上都是皺紋。

「這些事，你用什麼方法可以證明呢？」

「我不必證明。」我說：「該由你去證明。你要開始調查，你該和娜娃談談。你該查查她同父異母的妹妹。那個妹妹應該是已經死了的。

「你該再問問，她有沒有時間證人。她有個小孩，她要離開一段時間，當然要找人照顧小孩。你可以查查租車子的公司。你可以查航空公司。你可以從檔案中找到勞家小孩的照片。你去看看費家的小孩。」

「這些都是你可以做的事。你可以一案雙破。」

「我喜歡如此。」尹說：「不過，勞家的事我聽起來雖然蠻有道理，叫我去對督察講，我沒有你那種口才。神話一樣。」

「為什麼要叫督察，或是任何其他人知道呢？」我問。「你自己一個人去調查。這件案子獎金十萬元呀！」

尹把下巴戳出，他說：「你還有沒有什麼在心中沒說出來的？」

我說：「賈道德有一本日記，是裘羅琳急著要的。記得吧，賈道德有『有罪感』的症候群。他要清理全世界。而且這種症狀包括著希望能自白的慾望。

「裘羅琳有賈道德公寓的鑰匙。她一直希望有機會可以偷出這日記來。她一聽到私家偵探已經介入，她更急著要把這種證據弄到手銷毀了。

「賈道德藏了起來。他改姓鄭躲在凡利荷路界汽車旅館裡。裘羅琳溜進他公寓，把所有證據都拿出來，重要的可能是本日記。」

「又怎麼樣？」他眼睛已經變為半閉，自半閉的眼縫中，他瞄著我。

「又，」我說：「我可以告訴你，她把證據怎樣處理了。她把證據移出了本案的法律轄區，移出了警察管轄區，她飛到雷諾。她到河濱旅社的行李保留室，把行李暫存在裡面，取得了一張行李收據。那些東西都在一個手提箱裡。

「今晚的一切，使本案突然緊張起來。她決定再要到那裡去，把這些證據再搬一次家或是處理掉。你可以聯絡河濱旅社，問他們有沒有一個手提箱存在那裡。你該叫旅社偵探打開手提箱看一下，看看裡面，有沒有一本日記本。你可以叫雷諾警察協辦，有人來拿手提箱或日記，就把人留置下來。你對本案可以像囊中取物一樣智珠在握。」

尹警官道：「這很實在，這些我都可以用電話查證。我喜歡。」

「沒有一件事，你不可以用電話查證的。」我說：「記住，我們兩個五五拆帳。另外一切的名譽都歸你個人。想想看那新聞頭條：『舊金山警局警官尹慕馬，憑推理獨破勞氏綁案。』多可愛！」

尹慕馬道：「我這就出去打電話。你不要跑，我要找你還是隨時找得到你的。賴，目前不表示你說服我不關你了。你暫時可以苟延殘喘而已。」

「去打電話吧，別浪費時間。」我告訴他。

尹警官走出門去，把房門帶上。

白莎道：「這是拖延政策嗎？」

「當然是拖延政策。」我說。

白莎睜大雙眼道：「你的意思是你根本一點根據也沒有，把這樣大的兩大罪狀往娜娃身上推……」

我說：「他要捉我去關起來，我不找個辦法擋他一下怎麼行。這件事，我自己套死在裡面。我一定要在外面，才能想辦法弄清楚是什麼人殺了賈道德。

從一開始，我就應該知道那費巴侖靠不住，我應該知道事情稍稍有改變，他就會受不住的。」

「那勞氏綁架案子又怎麼回事。連我也幾乎相信你了。」

「你仔細一想就知道這件案子怎麼回事了。」我告訴她：「只有兩條路。要不是綁匪心狠手辣，孩子一到手就死了，就是別人存心把孩子留下自己養。贖金只是讓警方相信孩子已經死了，不向活著的孩子窮追的手法之一。

「從這一點看來，養著這孩子的女人，一定是不會有人疑心的好婦人之一。在社區裡她一向賢淑得出名。她一定先有準備，像是親戚快死了，有個孤兒沒有人收養。這個女人所玩的把戲，正好像娜娃所遭遇到的一樣。」

「你說得很有道理。」白莎道。

「這件事我想過千百遍。」我說：「我一直在想，能不能破案來增加我們一點收入。

「姓尹的一定要把我捉進去，我就只好把一直在心中想的東西拿出來搪塞一下子，擋它一陣。事實上，娜娃這種人正是完全適合我腦子中那一類型的女人……」

「嗨，唐諾！」白莎興奮地打斷我的話道：「聽起來怪怪的，不過，會不會千萬分之一，你正好瞎貓捉到了死老鼠了？那妹子真……」

「說萬萬分之一吧，白莎。」我說：「自己千萬別掉進去興奮。那玩意兒是用來擋一下來勢洶洶的尹警官的。自己做出來的毒蘋果，哪有自己先嚐的。」

「雷諾的事怎麼回事？」白莎問。

我看向白莎，眨一眨一隻眼皮。

「你這小王八蛋。」她說。

我走向電話，撥舊金山日報電話，找到社會版，我說我有一件大事要告訴他們。

一個人來聽電話。我說：「不要問這是什麼人在告訴你。有一件大案即將轟動全國。」

「說，怎麼回事？」男人的聲音，一點也沒有興奮，冷冷地問道。

我說：「市警總局兇殺組尹慕馬警官對全國注目的勞氏綁架案有了新線

索。他目前封鎖一切消息，希望不被新聞媒體知道。一旦他宣佈，全國每家大小報紙都有了。我建議你們盯住他，叫他告訴你們他的理論。千萬別說有人告訴你們，知道嗎？」

我掛斷電話，轉向白莎道：「好了，我們可以把苗露薏從廁所裡叫出來了。」

門上敲了兩下。尹警官在門外說：「開門！」

我去開門。尹警官進來。「我在裡面的時候，聽你說得頭頭是道。」他說：「出去給新鮮空氣一沖，覺得像做夢一樣。萬一是你胡謅出來的，我保證叫你吃不完兜著走。萬一是真的，我把你放在外面就太不放心了。走了，我們有地方要去。」

「別忘了把露薏放出來，白莎。」我說。

第十章　獨家新聞

我們兩個來到舊金山警察總局兇殺組的辦公室。

大家對我們來到，根本好像沒有見到一樣。

尹慕馬警官打電話給雷諾城河濱飯店。他把旅社警衛找到，告訴他要怎麼辦。

「我來辦。」對方不情不願地說：「過一下再打電話給你。」

尹慕馬掛上電話，我們兩個各抽了兩支菸。尹警官不時瞇著眼在對我評估。

最後他說：「即使什麼也沒有發現，你的想法不失為一個天才。問題就在這裡，當我坐在這裡看著你的時候，我又越想你越有道理了。」

「賈道德謀殺案？」我問。

「勞氏綁架案。」他說：「對頭的是勞家綁架案。」

「不過，」我說：「這種事要絕對絕對的保守一點。在你還沒有把所有證據到手之前，萬一宣佈出來，後果是不堪想像的。」

「這還用你說！」他說。

電話鈴響起。

「可能是雷諾來的。」他說。

他拿起電話道：「哈囉，我是尹警官。」

他聆聽了一下子，眼睛越來越變窄。他說：「打開來看了嗎？」

尹警官靜下來想，他對電話說：「是的，接線的，我們還在通話。」

他看向我，眼睛瞇到只有條線，我看到他眼縫中有神的眼光，眼光盯著我，像一條毒蛇盯著牠的獵物。

突然，他對電話說：「把它封存起來。我立即飛過去。我自己想看一下。萬一有人拿了收條來取這些東西，我希望你能報警拘留他。我相信我會先一步比任何人早到，不過，我們要確定不被人拿走。」

尹警官把電話掛上，他說：「好了，天才，你要跟我去雷諾……」

一位警官說：「老尹，桌上的字條看到了嗎？舊金山日報社會版要你一回來就打個電話過去。」

「去他的，」尹說：「我忙死了。」

「他們說事關重大啊！」

「我現在在辦的，才真正事關重大。」尹說：「他們假如再打電話來，就說我根本沒有進來。」

「我們去哪裡？」我問。

「機場。」他說：「我有一個油商好朋友，有架私人飛機在機場，我緊急時他會允許我使用的。這是緊急事件，我會把駕駛員自床上拖起來。到目前為止，你表現不錯，希望其他一切也能如我們所願。」

門被推開。

尹警官抬頭望出去，他說：「哈囉！戴維。你要什麼？」

戴維道：「社會版要我緊急找到你。勞氏綁架案怎麼說？你已經有了破案線索了，真的嗎？」

尹慕馬在椅子中僵住。他轉向我。冷冷的眼光充滿了恨意。「你這小王八蛋。」他說。

我也看向他。「別做傻瓜！」我告訴他：「這個想法還屬於你的時候，你應該先申請專利。」

尹警官在研究我給他的提示。

「只是想法。」我又提醒他。

尹警官轉向記者。「戴維，我們很友好，所以我要把實況告訴你。這件事是一個概念，一種推理，還沒證據，如此而已。」

「我能不能說，你已經在開始找證據了？」

「老天，不行！你只能說我對這件案子有個新看法。」

「每個人都可以有新看法啊！」戴維道，顯然大大的不滿。

「我的看法與眾不同。」尹警官說。

「我們能不能指定是你個人的新看法？」

「可以，這件事確是我個人的新看法。」

記者道：「這又不同了，但是至少要有一點什麼證據使你有這種新看法，是嗎？」

「別來這一套了。」尹警官道：「我在辦一件大案。我沒有你所謂的既有證據，我在忙。一旦破案，你可以在記者招待會裡問我的。」

「不行，」記者說：「你不能這樣對待老朋友啊。」

「沒辦法。」尹告訴他。

「我的意思是，我要一點有依據的東西。這可以使讀者在腦子裡先有一點良好的概念。我們要捧一個人，不可能一下把他從帽子裡拖出來，就說他是神探啊！」

尹說：「你可以說，我在依據一個小的、受到忽視的線索，想出了案子的架構。我現在正在努力追這線索中。你不能寫人名、地點、日期。只說我在辦這案子，如此而已。」

「忽視的線索是什麼？這位又是什麼人？」

「賴唐諾，洛城的私家偵探。」尹說：「我正為賈道德謀殺案要他吐實。我正要帶著他上飛機，跟我們一起去機場如何？我們可以在路上談。」

他轉向我說：「姓戴名維。舊金山日報，社會版記者。」

我們握手。

「尹兄，」戴先生對警官道：「我能不能報導你這一次的旅程，是和勞氏的綁架案子有關聯的？」

尹說：「最好嘛……老天！絕對、絕對不可以。一件件來。走了，我們走了。」

我們一行前往機場。尹警官提示有母愛症候群精神不正常的人那一套理論。要弄一個小孩在家裡突然出現，怎麼才可以叫鄰居一點也不起疑心。

在我們快到機場時，戴維已全部記下了一切。

「這倒是一個很好的論點。」他研究一下言道。過了一陣。他說：「每個人都有論點。目前我也有一個。」

「什麼？」

「我認為要乘飛機前往辨案的原因，是為了勞氏綁架案的偵破。」

「想可以隨你去想。」尹警官道：「不過這些都是道聽塗說。一旦你將這件事登在報上，你是造謠生事。」

「我可以當做據云如何如何。」戴維說：「記者放高空，自然有他放的辦法。再請問一下，這時候你們乘什麼飛機？」

「是私人包機。」

「要去哪裡？」

「去一個地方。」

「萬一破案的話，你可以保證由我獨家發佈嗎？」

「這可不能保證。這件事可太大太大了。一旦偵破，我自己也無法控制。」

我們下車。一架飛機正在跑道頭上暖機。

尹警官道：「就如此了，戴維。我們現在分手。」

他走向前去給駕駛看自己的身分證明。

戴維對我說：「其實，我只要報導他乘包機去一個暫時必須保密的地方，目的是為了偵破一件大案，就可以交差了。依我看來，這件事也不過是一個理論。每個人可以有每個人的想法。」

「具體一點！」我說：「他的理論有實際線索和證據的。不到明天這個時候，全國的報紙上都有這件事的報導了。獨家還是獨缺，都在你自己了。」

「你也參與這件案子？」

「他不是死拖著我不放嗎？」

「為什麼？」

「我知道太多，他不敢把我單獨留下來。這樣可以不讓我講話啊！」

這就足夠了。記者趕著去找電話。

第十一章 推理破大案

在雷諾，那旅社警衛已經聯絡上雷諾警局的警探孫克謀。

尹慕馬和我和他們會合。

在飛往雷諾的路上，尹慕馬越來越挑剔，我的行情不斷下降。到了雷諾，他真的知道了有一個手提箱，裡面有一本日記存在箱裡，他的心情好了一些。

雷諾是二十四小時營業的不夜城。二十四小時隨時有人賭罷去睡，或睡不著去賭。

在河濱旅社坐著，你可以看到各色人等：從沒有上過馬的牛仔裝男人。上身穿著雪白的上衣，進旅社原想先洗個澡再玩的人，坐下來賭輸了，不肯走。

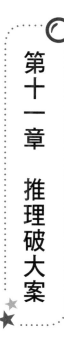

贏家以為難得手氣如此好，睡了可惜，結果變成輸家。輸家當然要撈本。真正的贏家恨假期太短，挖空心思想多留一天。輸輸贏贏事小，雷諾就如此可愛，回家的人行李沒打開，已經在計劃下次什麼時候再去了。

當然，不一定每個人都賭。一對對情侶會自四面八方來這裡，他們希望在聲色犬馬中，愛情有另一番浪漫光彩。他們對賭只是客串，他們另有值回票價的回憶。

我們統統坐在大廳中，時間一分一秒地溜走。尹警官忙了半天，有點睏了，開始在一點一點垂下頭來。最後頭向沙發椅一靠，輕輕打起呼來。

雷諾的警探孫克謀不喜歡私家偵探，對他而言，我是多餘的。他們都不管我。

我的確累了，但是我睡不著。我在研究，在當今的局勢中，我當怎樣出牌，方始不會全盤皆輸。我恨我自己不應該去那鬼汽車旅館。我恨我自己為了忠於客戶，把自己拿去冒險。不過，隱隱之中我明白，今後再遇到這種情況，還是會如此做的。我這種個性害苦了柯白莎。其實也害苦了我自己。我根本不知道我為何做這種事。一旦我決定接受一個人做我的客戶，我就會站在前面保護他一切的權益。那個把指關節弄得啪嗒啪嗒響的費巴侖，他有什麼好？我甚至一點也不喜歡他，問題他是我的客戶，我就該保護他。這是我的倫理觀。

電話鈴響。一位僕僮走向雷諾警探。

「孫先生，你的電話，總局來的。」

孫克謀不理我，只是向旅社警衛告退一下，走向電話。

五分鐘不到，他走回來，臉上有不解的神情。他抓住尹警官，把他搖醒。

「嗯？什麼事？」尹警官問道，一下醒來，環顧四周，充分表現出一個不想睡過去，但卻睡著了的人，突然醒過來的警覺。

「問你呀！你在搞什麼鬼？」孫克謀說。

「什麼意思？」

「你為什麼不告訴我們，這件事為的是勞氏綁架案？」

「你在說什麼呀？」尹反抗地說。

「勞氏綁架案。」

「我不知道什麼勞氏綁架案。」

「去你的不知道！舊金山日報頭條新聞。現在全國的電報亂飛。雷諾早報已經有號外了。你已經一切佈置就緒了：什麼母愛症候群，什麼贖金只是掩護，什麼事先準備，什麼死了母親的孤兒，什麼親戚帶回來收養。依據報導，這一次你來這裡秘密出差的目的，就為了這件案子。」

尹警官的下巴掉下來，他轉向我，他說：「看來這又是你拖……」

我用手肘重重的一下擊在他的肋骨上。「你看！」我說。

裘豪西正自正門走進旅社來。

尹警官看向門口，見到裘豪西走進來，他轉向我說：「這件事還沒有完。等我辦完事之後，我還要好好的和你算算帳。你這個騙來騙去，出賣朋友的小王八蛋！」

我問：「賈道德的謀殺案還要不要破了？再不然，你是不是準備失之交臂？」

他怒視我一秒鐘，轉身盯住了裘豪西。

裘豪西一定是連夜開車而來。他用他疲倦的眼神在大廳裡四面看一下。戶外陽光正準備破曉而出。一切生命似乎在最低潮，正要一陽復始。再過一下陽光就會出來，到時候，熬了一夜的人會警覺這一夜他們到底做了些什麼。不過，人工的亮光也只有在這一刻，才顯格外耀眼。

裘豪西有點視若無睹。整夜開車已經使他消失了警覺性。他環視大廳，不過是心中知道一定要看一下是否安全。在我們看到他看向我們的方向，還來不及把報紙拿起來遮臉的時候，他已經轉過臉去，除了身體上的疲倦外，他精神上的張力也一定已經到了飽和狀態了。這傢伙的活力已下降到零點了。

裘豪西來到服務僕役的櫃子，拿出行李寄存單條給他，自己雙肩下垂，等對方交回給他一個手提箱。

警察們自後面接近裘豪西。裘豪西提了手提箱要走出去，一點警覺也沒有，有點像機器人在執行電腦設定好的任務。

他走上街頭，走向他停車的位置。在要進入汽車前，雷諾城的警官拍拍他肩頭，阻止了他。尹警官跟進，他們把裘豪西連車帶人，外加手提箱，都帶到雷諾城的警察總局。

不到半小時，他們就使他什麼都吐實了。

他們不要我目擊他們叫他吐實的手法，不過，事後當他們請打字小姐，把他自白打字下來算作口供時，他們叫我在另外一個房間，接上麥克風，可能也叫我作證人。

故事倒不複雜。裘豪西知道賈道德的精神不正常，已經使他太太羅琳受到很多精神威脅了。道德和他十分知交。他們做什麼都在一起，他們發展了一種畫畫的方法，他們有自己的藝術觀。他們以前沒有一天不在一起。

最近，賈道德的改變太多。他一天比一天乖僻，反覆無常。他開始幻想，認為他的堂妹謀殺了他們的祖父。

這完全是無中生有，但是他中了自己的毒，而且日益加深這個觀念。

起先，豪西完全不知道道德發生這種變化的原因。他和道德仍保持友誼。道德也喜歡他，相信他的一切；只是不相信豪西說有關祖父的事完全是幻覺。

一位私家偵探來自洛城，要找賈道德。賈道德的前妻苗露薏也混進這件事來了。她是為自己的利益。道德要拖她進污泥裡去，她不願被人拖進去影響名譽，她不願自己的姓名見報。她告訴道德，偵探來的目的是在調查他祖父的死因，要把他算作共謀。道德逃之夭夭，來到凡利荷的路界汽車旅館，而且用了假造的姓。

他當然事先告訴裘豪西他要去哪裡，但是並沒有告訴他匆匆避走的原因。那偵探——賴唐諾來了。賴唐諾假裝是藝術品鑑賞者，買了一張豪西的畫，給了他很多有用的建議，使豪西不但飄飄然，而且熱心起來。他以為自己的畫作已被行家肯定，他打電話給道德去報喜訊。

豪西的太太羅琳當然知道，苗露薏能使賈道德躲起來，用的藉口是偵探來調查祖父謀殺案，才有力量叫他就範。死無對證的是，據云賈道德後來打電話給裘豪西，說他立即要見豪西。

那是晚上八點半的時候。豪西在傍晚喝了太多的酒。他太累，又太興奮。但他還是開車去凡利荷。在凡利荷，賈道德告訴他，他太太謀殺了祖父。賈道德說自己將不再替她掩飾。他否認自己是共謀，說他立即要去自首。

賈道德可以說是已經慌亂萬狀。豪西一直在安撫他、勸他，但是賈道德已失去理智。兩個人吵了起來。道德拿出一支點三二口徑的藍鋼自動手槍。

豪西聲稱賈道德已瘋到的確有可能使用那手槍。他依照道德的指示，高舉雙手，退到門邊。他沒有辦法，看到有一個機會，只好雙手抓住了對方握槍的手腕，兩個人掙扎起來。在掙扎的過程中，槍聲響了，道德倒地，子彈正中他心臟，幾乎是立即死亡的。

裘豪西驚慌了，他想要逃避，他拿了槍，把槍處理掉，立即回家，把一切告訴了他太太。

羅琳認為事態嚴重，先是她被人認為謀殺了祖父，其實她沒有，而被賈道德一口咬上了。事實上，老祖父是有一點受到看護他的護士誘惑，有點糊塗，想要和她結婚，而羅琳的意思是，只有一個辦法可以阻止這件事，意思是：向法院正式申告，說他年老智力減退到不知道如何處理事務了，要求法院把老人的一切法律事務，交給小輩來辦理——所以她問道德有沒有勇氣。

這一切，都是賈道德誤會了，道德以為她要在事情發生前殺了他老人家。裘豪西說賴唐諾和苗露薏兩相勾結。他們相信露薏交了什麼文件給唐諾。前一晚，在露薏的公寓裡發生了一場混戰，女人們互毆又互扯頭髮。賴唐諾也在現場。是羅琳看到賴唐諾帽子汗帶上露出一張行李寄存條。她等候一個合適的機會，偷到了那張條子。條子上寫得很清楚，那是雷諾的一家旅社。

夫妻兩個一商量，他們得到一個結論，認為賴唐諾把這些證物，包括一本偷來的日記本，帶出加州法院轄區，送到內華達州來，寄存在這裡。

上述一切都是裘豪西的自述，也是他的口供。他說在賈道德死後，他本來要想自首的。但是，一旦日記出現，他的太太就跳進黃河也洗不清了。他一再聲明，他打算把日記弄回來後，他可以放心大膽去自首。現在一切吐出來後，他覺得如釋重負。他在良心上的負擔已經叫他吃不消了。自從奪槍，槍響後，他自己有如一直在夢魘之中。

在離開凡利荷回加州前，裘豪西曾經把兇槍埋在路旁泥土中，他認為可以記得那地方，可以帶官員去再挖出來。

他自認有自衛殺人及知情不報的罪。他認為世界上沒有一個陪審員會相信他是自衛。檢察官會認為，他為了他太太而預謀殺人。他說，只要問任何知道賈道德的人，都會知道他近月情緒激動，已經到了崩潰的程度。豪西和道德沒有私人恩怨，豪西甚而愛護道德。這件事是誤殺，現在說出來了，他很高興。

裘豪西一再聲明，他受不了有人認為他太太羅琳會殺她的祖父。

官方打字員把口供複打了四份。豪西在每一張上簽了字。

這一切都是相當花費時間的手續。尹警官一直在催促工作進行的速度。他們都一再把咖啡和三明治叫到房間裡去吃，我也都有一份。

裘豪西同意他們把他自內華達州引渡回加利福尼亞州去。

上午十點過後，我們起飛離開雷諾，打道回舊金山。

裘豪西已經把一切吐實，睡得像個嬰兒。

尹警官不時打出鼾聲，但是也不時驚醒。每次醒來都摸摸口袋。我知道這口袋中裝著裘豪西的口供。

賈道德的案子雖然已經偵破，我的身價一落千丈，一再的跌停。我和尹慕馬講話，他理都懶得理我。

峰巒起伏的時候，飛機上下顛簸。我們綁上安全帶，閉上眼睛，突然飛機平穩地飛進山谷。越過了奧克蘭的底波羅山，經過了海灣，駕駛員聯絡舊金山塔台，要求降落。

我們落地，駕駛員把飛機慢慢滑向停機坪，停下來。

駕駛把引擎關閉，一大群人在等我們飛機停下。他們推推擠擠，湧向我們的飛機。

「搞什麼鬼？」尹警官說。

他已經把賈道德命案偵破了，但是外面這樣熱鬧，不可能是出於這個原因。尹警官經驗豐富，心裡有數，一定另有原因。

這些人七嘴八舌，一時也搞不清楚大家在說些什麼。

每一個人都在發問，並要求回答。閃光燈猛閃。發狂的記者彼此互相推擠，都來向尹警官叫喊，要他發表意見。

沒有人對尹警官自雷諾帶回來，手上帶著手銬的犯人，給以半分的注意。

終於，我們弄清楚了這是怎麼回事。尹警官的「推理想法」被全國報紙一下炒熱。大大小小報紙爭相登載這「母愛症狀群」女人偷人小孩的故事。這件事合理得不得了，尹警官神秘而不知目的地出擊，也引起了很多大街小巷的討論。

當這些故事在全國宣傳時，愛荷華州，地文博市的兩個市民，突然想到他們那善良的鄰居和孤兒，應該調查一下。所以他們打電話給聯邦調查局，聯邦調查局帶來了小孩的照片，於是一切就急轉直下。

尹慕馬和市警總局局長併排站在那裡，讓記者照相。他們說，這個推理是憑兩人偵破很多大案的經驗，坐在辦公室一起討論出來的。

嬰兒的富豪父母已經宣佈：他們要發給這兩個警察一筆非常可觀的現金獎金。

柯白莎看了報紙，把報紙扭成一團，抛在旅社房間地上。

「你他媽聰明的小渾蛋！」她說：「這件案子的推理，你藏在腦子裡多久了啦？」

「好幾天了。」

「而你跑去說給這個忘恩負義的警察聽！」

「我正好要一個拖延的理由。」我告訴她：「我一定要找對他有引誘力的。要不然，我早就被他拖去警察局，用謀殺罪共犯的名義關起來了。」

「好了，現在所有人都把我們給忘了。」她說：「我看我們最好偷偷出城回家。你小子為什麼不找個機會，自己把你的想法大叫出來，不就可以在獎金上分一杯羹了嗎？」

「我要借一件謀殺案才能擴大宣傳。」我說：「而要破這件綁架案，必須全國各媒體廣大宣傳。」

「唐諾，」她說：「我相信你小子有色眼光背後的腦子裡，一定希望費娜娃就是那個綁匪。」

「為什麼不可以？」我說：「那女人一再說我壞話。她自己做作得太過份了。」

白莎想了一下，她說：「唐諾，目前情況對我們有利，我們溜吧。他們還是有你把柄的，你發現屍體，卻沒有報官。」

「他們可以，」我說：「但是不會。目前他們最怕我的，就是被記者發現，追著要訪問我。」

白莎拿起電話，接通旅社旅行部門。她說：「我要兩張第一班離開這裡，去洛杉磯的機票。」

「你是準備帶我們的客戶一起離開這裡嗎？」我問。

「不要他。」她說：「我們會申請叫警察放了他。但是要他自己和他太太回去。她不喜歡女人說髒話，女人動粗，女人使用暴力。再說，要是還要我去聽那狗娘養的把指關節弄得啪嗒啪嗒響，我可真要瘋了。」

「這樣的話，你只要一張機票就可以了。我和一位金髮女郎還有約會。」

第十二章　衝突的現代畫

對白莎而言，費巴侖一面壓他的指關節，一面簽了一張為數很可觀的支票後，這件案子就結了。費巴侖和我們倆個分別握手，一面喜極而泣地離開我們公司。

費娜娃，我們再也沒有見到她。她不喜歡我。她更不喜歡說髒話，使用暴力的女人。

對我而言，案子真正的結束，是在有一天，我看到報上一則全國性的現代藝術展覽消息。

「第一獎，報上說，由裘豪西奪得。裘豪西是舊金山一位現代畫家，他參選的是一張叫作『衝突』的現代畫。」

「那張畫，每一位觀眾都確認非常的不協調。據畫家自稱，他的畫意是來自吃錯了排檔的汽車，用顏色代表變速箱裡搞亂了的零件。」

「表面的畫框居然是八角形的。原作者裘豪西表示這是他的另一項創意。題名『衝突』的畫要用不平常的畫框。這也是配襯出主題最好的方法。」

報紙說，「裘豪西——假如讀者記性好的話——曾經遭遇過另一種壓力與考驗。他曾經因為有謀殺他太太堂哥賈道德之嫌，而被警方逮捕過。不過，在審訊中，裘豪西堅持是出於自衛，而陪審團相信了他。他被拘留過八小時，交保受審後，當庭釋放。裘豪西自稱，因為這件案子，使他有機會想到這種新的藝術表現，也使他在心理及畫技上成熟了不少。」

我把這一段報紙剪下來，交給卜愛茜，和他的剪報罪案資料一起歸檔。

這件事，我沒有向白莎提起過。

柯白莎，她不喜歡現代藝術。事實上，她也不喜歡任何藝術。

她唯一喜歡的是現金。

相關精彩內容請見《新編賈氏妙探之18 探險家的嬌妻》

新編賈氏妙探之17 見不得人的隱私

作者：賈德諾
譯者：周辛南
發行人：陳曉林
出版所：風雲時代出版股份有限公司
地址：10576台北市民生東路五段178號7樓之3
電話：(02) 2756-0949
傳真：(02) 2765-3799
執行主編：劉宇青
美術設計：吳宗潔
業務總監：張瑋鳳

出版日期：2023年8月 新修版一刷
版權授權：周辛南
ISBN：978-626-7303-10-8

風雲書網：http://www.eastbooks.com.tw
官方部落格：http://eastbooks.pixnet.net/blog
Facebook：http://www.facebook.com/h7560949
E-mail：h7560949@ms15.hinet.net
劃撥帳號：12043291
戶名：風雲時代出版股份有限公司

風雲發行所：33373桃園市龜山區公西村2鄰復興街304巷96號
電話：(03) 318-1378
傳真：(03) 318-1378
法律顧問：永然法律事務所 李永然律師
北辰著作權事務所 蕭雄淋律師

行政院新聞局局版台業字第3595號 營利事業統一編號22759935

定價：299元

國家圖書館出版品預行編目資料

新編賈氏妙探. 17, 見不得人的隱私 / 賈德諾(Erle Stanley Gardner)著；周辛南譯. -- 臺北市：風雲時代出版股份有限公司, 2023.05　面；　公分
譯自：Some slips don't show
ISBN 978-626-7303-10-8（平裝）
874.57　112002532